Danke an Steve – den coolsten Ehemann der Welt. Gott hat dich auf unserem gemeinsamen Lebensweg schon so oft gebraucht, um mich zu inspirieren und mich zum Lachen zu bringen. Danke an Mama und Papa – dafür, dass ihr an mich geglaubt habt und immer für mich da seid und mich anfeuert. Und vielen Dank an meine Freunde und meine Familie, die mir immer Mut gemacht und sich mit mir darüber gefreut haben, dass dieses Buch entstehen konnte.

Kelly Carr
(Hg.)

DAS
GENIALSTE
GESCHENK

Wahre Geschichten
für Teens

Aus dem Englischen von Ilona Mahel

INHALT

„Alles geht schief!" – Denkst du das auch manchmal? Dein Leben ist chaotisch, in der Schule läuft es nicht rund und zu Hause gibts auch nur Stress. Vielleicht weißt du nicht, wie es weitergehen soll. Vergiss nie, dass Gott immer an deiner Seite ist, ganz egal, was du gerade durchmachst. Manchmal fühlt es sich nicht so an – aber er ist da. Niemand ist perfekt. Jeder hat mal Zweifel. Jeder erlebt Schmerz und Kummer. Du darfst wissen, dass es Menschen gibt, die den Weg vor dir gegangen sind! Geh immer weiter – auch du wirst es schaffen! Denn Gott liebt dich und er hat einen Plan für dein Leben. Er weiß, wo es langgeht – auch wenn du keinen Ausweg mehr siehst. Für ihn bist du einzigartig und unverwechselbar. Du bist sein genialstes Geschenk! Gott sehnt sich danach, Zeit mit dir zu verbringen. Mit dir zu reden. Dir Gutes zu tun. Er ist so voller Liebe, dass er mit dir durch dick und dünn gehen möchte.

Als Herausgeberin habe ich schon Hunderte von Geschichten von Menschen und ihrer Beziehung zu Jesus gelesen. Bei vielen dachte ich: Hey, das ist genau das, was ich gerade durchmache! Ich möchte dir mit diesem Buch die Gelegenheit geben, durch die Erfahrungen anderer ermutigt zu werden. Alle Autoren, deren Geschichte du auf den folgenden Seiten lesen kannst, haben erlebt, dass nichts sie von Gottes Liebe trennen kann. Auch dann nicht, wenn sie Mist gebaut haben, sie durch harte Zeiten gehen müssen oder sie Zweifel haben.

Von wem sind die Geschichten?

Die meisten sind Teenager wie du, die über Familie, Freunde und Gott schreiben, und versuchen, irgendwie mit allem klarzukommen. Manche Autoren sind schon ein bisschen älter, sodass sie mit ein paar Jahren Abstand über ihre Erlebnisse als Teenager erzählen; davon, wie sie bestimmte Situationen gemeistert haben und im Glauben stark geblieben sind.

Gott hat uns auf diesen Planeten gestellt, damit wir miteinander in Kontakt treten. Wir sind auf unserem Lebensweg nicht alleine unterwegs – wir sind dazu geschaffen, einander zu helfen und herauszufinden, wer Gott ist und was er mit und durch uns tun möchte. Also mach es dir gemütlich und freu dich auf ein paar bewegende Geschichten über Begegnungen mit Gott.

Kelly Carr

EINE NEUE CHANCE

Manchmal ist mein Leben chaotisch.
Ich weiß nicht mehr, wo oben und unten ist.
Die Dinge laufen nicht so,
wie ich es mir vorgestellt habe.
Gott, bitte bring Ordnung in mein Leben.
Zeige du mir, was ich tun soll.

TOTALE VERÄNDERUNG

Ich beobachtete zwei Techniker am anderen Ende des Raumes dabei, wie sie gewissenhaft meine Sachen für den nächsten Auftritt vorbereiteten. Mir war schon öfter aufgefallen, dass die beiden Typen irgendwie anders waren. Sie schienen glücklicher zu sein als die meisten Leute in meinem Umfeld, irgendwie voller Frieden.

Ich wollte wissen, warum das so war.

Und als sich die Gelegenheit dazu ergab, fragte ich sie einfach.

„Warum macht ihr beiden nie mit bei unseren Partys?", fragte ich. „Wie kommt's, dass ihr beide keinen Bock habt auf Alkohol und das ganze andere Zeug, das wir alle so zu uns nehmen?"

Einer der Techniker, Chris, sah mir direkt in die Augen und sagte: „Weil Gott das nicht toll findet, Mann!"

Seine Antwort verblüffte mich. Ich hatte mit allem Möglichen gerechnet, aber nicht damit, dass die beiden Christen waren. Doch es ergab Sinn. Seine Aussage erinnerte mich daran, dass es einen Gott gab, dem ich dienen sollte, einen Gott, den ich früher einmal gut gekannt, dann aber vergessen hatte.

Ich hatte keine leichte Kindheit. Viele meiner Kindheitserinnerungen haben mit Missbrauch zu tun. Ich bin in einer ziemlich kaputten Familie aufgewachsen, in der Musik mein einziger Zufluchtsort war.

Meine Eltern haben sehr jung geheiratet, gleich nach dem Abitur – meine Mutter war 17 und mein Vater war nur ein Jahr älter. Mit 18 bekam meine Mutter ihr erstes Kind, meinen Bruder, und nur ein Jahr später folgte ich. Im Alter von 21 Jahren hatte meine Mutter bereits drei Kinder.

Mein Vater kam nie so wirklich zurecht mit dieser Ehemann-Papa-Sache. Ich kann mich an keine Zeit erinnern, in der er als Ehemann oder Vater zufrieden wirkte. Er fing an, Drogen zu nehmen, anderen Frauen hinterherzulaufen und lauter solche Sachen. So war mein Vater, als ich klein war – ich kannte es nicht anders.

Meine Mutter nahm das für eine Weile hin. Doch als ich etwa zehn Jahre alt war, hatte sie genug davon, ständig geschlagen zu werden. Sie verließ meinen Vater und meine Eltern ließen sich scheiden.

In der ganzen Zeit ging meine Mutter mit uns in die Gemeinde. Ich wusste von Gott. Ich wusste über Jesus Bescheid und über das, was er für mich getan hatte. Aber ich vertraute Gott nicht allzu sehr, um ehrlich zu sein. In der Bibel heißt es, dass Gott mich liebt und sich um mich kümmert. Ich fragte mich aber: *Wenn das wirklich stimmt, warum lässt er meine Familie dann so viel durchmachen?*

Als ich mit der Schule fertig war, dachte ich nur noch an Musik. Ich hatte mir in den Kopf gesetzt, ein Rockstar zu werden. Nachdem ich meinen Abschluss gemacht hatte, ging ich erst auf eine Uni in Cleveland, überlegte es mir aber doch noch einmal anders und zog nach Atlanta. Dort ging ich auf eine andere Uni und schloss mich einer Band namens *Skindeep* an.

Schon nach ein paar Jahren waren wir die größte Band in der Szene von Atlanta. Wir wurden sehr schnell sehr berühmt. Ich war erst 19 oder 20 Jahre alt, als wir vor richtig großem Publikum auftraten und die Vorgruppe für so große Namen wie Alice in Chains, K.C. & The Sunshine Band und Chaka Khan waren. Mein Rock 'n' Roll-Traum war wahr geworden.

Das Schräge war, dass meine Mutter mich dauernd anrief und fragte: „Billy, gehst du auch in die Gemeinde?", und ich ihr ziemlich direkt sagte, dass ich darauf absolut keine Lust hätte. Zu der Zeit war ich total anti-Gott-mäßig drauf. Ich wollte einfach nichts mit ihm zu tun haben.

> Ich konnte nicht zulassen, dass Gott meine Träume zerstörte.

Aber das Gespräch mit dem Gitarrentechniker hatte mich wieder an den Gott erinnert, den meine Mutter liebte. Die Gedanken nagten an mir, aber ich schob sie immer wieder zurück in die hintersten Winkel meines Gehirns. Ich war Teil einer erfolgreichen Band. Ich konnte nicht zulassen, dass Gott meine Träume zerstörte.

Eines Abends – wir hatten gerade einen richtig großen Auftritt vor 2000 oder 3000 Leuten gehabt – kam ich von der Bühne und fühlte mich müde und leer. Ich kam nach Hause und setzte mich ins Wohnzimmer. Ich konnte nicht schlafen, also blieb ich bis drei oder vier Uhr morgens wach und versuchte zu verstehen, was mit mir nicht stimmte.

Mein Blick fiel auf mein Bücherregal. Dort sah ich die Bibel. Ich wusste, dass die Antworten in diesem Buch standen. Ich öffnete es. Ich weiß nicht mehr genau, was ich als Erstes las, aber ich glaube, es war irgendetwas im Johannesevangelium. Ich fiel auf der Stelle auf meine Knie und sagte: „Gott, mach etwas mit mir. Ich weiß, dass ich nicht mehr so bin, wie meine Mutter mich erzogen hat."

Als ich am nächsten Morgen aufwachte, war alles anders. Gottes Schöpfung erschien mir irgendwie lebendiger. Ich nahm die Vögel und den Himmel und die Bäume bewusster wahr. Es dauerte ein paar Jahre, bis

Gott den ganzen Müll aus meinem Leben geräumt hatte. Aber mein Leben ist seitdem nicht mehr dasselbe, das ist sicher.

Nach diesem Erlebnis blieb ich noch für ein oder zwei Jahre in der Band. Aber als ich anfing, christliche Songs zu schreiben, fiel die Band auseinander. Die Lieder handelten mehr und mehr von meinem Leben, und die Jungs in meiner Band sagten so was wie: „Nee, damit wollen wir nix zu tun haben!"

Ich verließ die Band und nahm mir anderthalb Jahre Zeit zum Nachdenken. In der Zeit fing ich an, mich in einer Gemeinde im Worshipteam zu engagieren. Ich versuchte herauszufinden, was Gott mit dem Talent anfangen wollte, das er mir gegeben hatte.

Gott hat mich in dieser Zeit komplett verändert. Ich hatte die schlimmsten Flüche drauf, die man sich vorstellen kann. Ich trank. Ich hatte was mit vielen Frauen. Ich hab eine Menge Mist gebaut. Als ich dann aber Christ wurde, sagten meine Freunde: „Komm einfach so wie du bist und Gott wird dich verändern. Aber denke nicht, dass du dich ändern musst, bevor du zu Gott kommen kannst." Ich kam mit all meinem Ballast, kam zu ihm mit all meinen Fehlern, Schwächen und mit meiner Vergangenheit.

Wenn ich zurückblicke, wünschte ich, ich hätte manche Dinge nicht getan. Mit jeder Sünde ist es so: Man erntet, was man sät. Egal, was du alles gemacht hast, bevor du Christ wurdest: Alles hat Konsequenzen und Folgen. Aber Gott ist gut, und seine Gnade genügt. Ich weiß, dass ich all diese Dinge loslassen kann.

Billy Buchanan

www.billybuchanan.org

Wie alles begann

Nach einer turbulenten Kindheit und ein paar Umwegen landete Billy in einer christlichen Band namens „Beehive", die von der Plattenfirma ForeFront Records gegründet worden war. Obwohl er dort nie einen Vertrag unterschrieb, führte diese Verbindung dazu, dass „Beehive" irgendwann als Teil von Rebecca St. James' Band auf Tour ging. Später nannten sie sich „Fusebox" und wurden die Vorgruppe für die Konzerttouren von Rebecca. So hatten sie von Anfang an die Unterstützung von Rebeccas treuen Fans, gewannen aber schnell auch massig eigene Fans, indem sie in über 25 Ländern auf Tour gingen und auch selbst Alben herausbrachten. 2006 löste sich die Band auf. Seitdem ist Billy solo unterwegs.

Billys Geschichte

Durch die Tourneen mit Rebecca wurde Billy offener dafür, über seine Vergangenheit zu sprechen, was wiederum dazu führte, dass er tiefer gehende Songs schreiben konnte. Etwa nach der Hälfte der „Lost In Worship"-Tour wurde deutlich, dass Billys Message durch die Musik sehr gut bei den Fans ankam.

„Der Herr hat mich von einer krassen Vergangenheit gerettet und ich verdanke ihm mein Leben", sagt Billy. „Obwohl es schön gewesen wäre, eine Beziehung zu meinem Vater hier auf der Erde zu haben, ist mein himmlischer Vater alles, was ich brauche. Gott ist alles, was ein Vater sein soll. Er ist immer da. Er liebt es, meine Stimme zu hören. Er weist mich liebevoll zurecht, wenn ich etwas falsch mache. Er macht mir Mut, wenn ich versage … er ist es wert, dass ich ihn immer anbete, und ich fühle mich geehrt, dass ich seine Leute durch Musik in die Anbetung führen darf."

WIR ALLE FALLEN

Ich sehe die Welt,
nichts ist mehr in mir.
Ich sehe in Augen,
nichts habe ich mehr zu verbergen.
Die Zeit vergeht so langsam,
alles, was ich sehe, ist eine Uhr.
Die Welt hat mich so gemacht.
Die Welt hat mich gemacht ...
Ich bin nicht so, wie ich sein möchte.
Ich breche zusammen.
Ich fühle nichts mehr;
in meinem Herz ist nichts.
Ich habe nichts zu verlieren
und alles zu gewinnen.
Ich will mich ändern
und all den Schmerz, den ich fühle.
Diese Maske macht mich krank,
ich will endlich sein,
wer ich wirklich bin.

Die Lügen und der Betrug,
all die Kämpfe, die ich führen musste.
Aber ich habe etwas Wunderbares gefunden,
das mein Herz mit Hoffnung erfüllt.
Etwas, das mir hilft, die Dinge zu bewältigen.
Das mir hilft klarzukommen.
Alles Schlechte
und alles, das schiefgeht,
alles, das unerträglich scheint,
wird nicht lange dauern.
Weißt du, was ich gefunden habe,
ist kein „Ding".
Er ist jemand, der mich fängt,
wann immer ich falle.
Wenn du also dran bist
und hinfällst,
wer wird dann da sein
und ein Lächeln in ein Stirnrunzeln verwandeln?
Wir alle fallen.
Manche bleiben unten.
Die, die Jesus haben,
stehen wieder auf.
Wir alle fallen …

Courtney Cummins
(verfasst mit 15 Jahren)

BEFREIT

Ich bin nicht sicher, wann genau alles anfing, aber ich muss so ungefähr 16 Jahre alt gewesen sein. Mein Selbstwertgefühl war plötzlich immer mehr von meiner Beliebtheit – oder dem Mangel an Beliebtheit – in Schule und Gemeinde abhängig. Ständig tat ich mir selbst leid und sah in jeder Situation nur das Negative. Ich bin sowieso schon von Natur aus ziemlich schüchtern, aber ich zog mich noch mehr von meinen Freunden zurück. Ich verwandelte mich von einem fröhlichen Teenager in ein einsames Häufchen Elend.

Niemand sollte merken, wie ich mich fühlte. Ich konnte niemandem die schrecklichen Gedanken anvertrauen, die mir im Kopf herumschwirrten. Ich hasste mein Aussehen. Ich hasste mein Verhalten. Ich hasste meine Unbeliebtheit. Ich hasste sogar mein Christsein, denn ich wusste, dass meine Gedanken nicht zu meinem Glauben passten. Die Wahrheit war: Ich hasste es, am Leben zu sein.

Diese schrecklichen Gedanken schlugen sich schon

bald in meinem Verhalten nieder. Ich fing an zu hungern in der Überzeugung, dass ich Nahrung nicht verdient hatte. Mein ganzes Denken war darauf fixiert, Wege zu finden, wie ich mir wehtun konnte. Ich log, was mein Essverhalten anging. Ich schlug auf mich selbst ein, bis ich blaue Flecken hatte. Ich wollte, dass mein Leben vorbei war. Jeder würde bereuen, wie er mich behandelt hatte, wenn ich es schaffen würde, diese schreckliche Tat zu vollbringen – Selbstmord.

Ich war gedanklich ständig dabei, den Plan in die Tat umzusetzen, aber ich hatte zu viel Angst, es wirklich durchzuziehen. Dann fand ich im Badezimmer eines Tages eine Dose voller Pillen. Ich war schnell überzeugt davon, dass dies der einfachste Weg sei. Ich stellte mir vor, wie meine Beerdigung sein würde. Wer würde kommen? Würde mich jemand vermissen?

> Wer würde zu meiner Beerdigung kommen? Würde mich jemand vermissen?

Als ich nach dem Pillendöschen greifen wollte, überkam mich plötzlich eine Angst, wie ich sie noch nie erlebt hatte. Plötzlich wurde mir klar, was ich da tun wollte. Sofort fing ich an zu beten und bat Gott um Vergebung.

Tägliche Stille Zeit und viel Gebet waren es, die mein Leben komplett veränderten. Und das passierte nicht plötzlich. Erst nach ein paar Monaten hatte ich gelernt, mich ganz auf Gott zu verlassen. Gott hat mich seine

Liebe spüren lassen. Nur durch Gottes Gnade habe ich es geschafft, die Depressionen zu besiegen.

In der ganzen Zeit wusste ich zwar, dass Gott für mich da ist, aber ich ließ ihn nicht an mich heran. Ich hatte so viel falsch gemacht, dass ich dachte, Gottes Liebe nicht verdient zu haben. Aber Gott ist so barmherzig! Er liebt mich, obwohl ich meinen Körper, seinen Tempel, so oft misshandelt habe. Ich habe Gottes Vergebung nicht verdient, aber er liebt mich so sehr, dass er sein kostbares Leben für meine Sünden gegeben hat! Mich hat sehr berührt, was Jesus für uns am Kreuz getan hat.

Rückblickend wird mir klar, dass ich mich selbst falsch wahrgenommen habe. Gott hat mich so gemacht, wie er wollte, und er wird mich für seine Zwecke einsetzen. Ich bin wunderschön in seinen Augen, und das ist alles, was zählt!

In 1. Korinther 3,16-17 steht: „Denkt also daran, dass ihr Gottes Tempel seid und dass Gottes Geist in euch wohnt! Wer diesen Tempel zerstört, den wird Gott richten. Denn Gottes Tempel ist heilig, und dieser Tempel seid ihr!"

Gott macht keine Fehler bei dem, was er erschafft. Wir sind wunderbar, weil wir nach seinem Bild geformt sind.

Sandi Brown

GROSSE TRÄUME UND HARTE LEKTIONEN

Ein kalter, beißender Wind schlug mir meinen schwarzen Rock um die Beine und wehte mir die Haare ins Gesicht. Eine schwere Stille lag in der Luft. Ich sah, wie sich Leute aller Altersgruppen um mich herum versammelten. Menschen strömten aus allen Richtungen herbei, aber wir alle hatten das gleiche Ziel und verfolgten die gleiche Absicht.

Ich war nur einer unter Hunderten von Menschen, die Jacob Charles Cushman am 1. Februar 2001 die letzte Ehre erwiesen. Aber mein Leben war durch seinen Tod für immer verändert worden.

Fest bei meiner besten Freundin untergehakt beobachtete ich meinen Bruder, wie er auf Krücken hinter den Sargträgern herging. Der Anblick versetzte meinem Herzen einen Stich. Dies hätte auch die Beerdigung meines Bruders sein können. Tränen traten mir in die Augen. Ich dankte Gott erneut dafür, dass er meinen Bruder verschont hatte, während zwei seiner Freunde bei dem tragischen Autounfall ums Leben gekommen waren und einer noch im Krankenhaus mit dem Tod rang.

Meine Augen suchten Jakes Familie. Die Leute hielten sich nahe beim Zelt auf, um sich vor dem Wind zu schützen, und versperrten mir so die Sicht. Ich sah auf in den bewölkten Himmel und hörte Jakes Mutter schluchzen. All meine Sorgen kamen wieder an die Oberfläche und innerlich schrie ich zu Gott. *Es ist so unfair! Er war so jung und hatte solches Potenzial. Warum schenkst du Menschen Träume und Hoffnung und reißt sie ihnen dann wieder weg?*

Ich hatte Angst. In den vergangenen zwei Jahren hatte ich selbst mit meinen eigenen Zukunftsträumen zu kämpfen gehabt. Ich hatte große Träume, die mir sehr kostbar waren. Ich wollte nicht bei dem Versuch, sie zu erreichen, scheitern. Deshalb hielt ich krampfhaft an ihnen fest, viel zu verängstigt, das Risiko einzugehen und meine Träume tatsächlich zu verfolgen. Erst in den letzten zwei Wochen hatte ich genug Mut gesammelt, um sie tatsächlich anzugehen, aber Jakes Tod zeigte mir, dass es keine Garantie für das Verwirklichen von Träumen gab.

Der Pastor sagte ein paar Worte, aber der Wind wehte sie einfach weg. Ich kuschelte mich an meine beste Freundin, um warm zu bleiben. Innerlich fühlte ich mich wie taub. Als der Gottesdienst vorbei war, ging ich wie in Trance zum Auto und stieg mechanisch ein. Mit leerem Blick starrte ich den Menschen hinterher, die sich in alle möglichen Richtungen davonmachten. Die Fahrt war schweigsam.

Während des Kaffeetrinkens nach der Beerdigung in der Gemeinde drängte ich meine Gefühle beiseite und war erleichtert, als wir endlich nach Hause gingen. Aber dort wusste ich nichts mit mir an- zufangen. Ich war unglaublich müde und wollte am liebsten der Realität entfliehen. Ich zog mich um und fiel ins Bett. Tränen leisteten mir Gesellschaft bis die Erschöpfung mich überkam und ich einschlief.

> „Warum, Gott?"

Ich kam nur langsam wieder zu mir. Mein Körper fühl- te sich an wie unter Drogen und meine Gedanken wa- ren alles andere als klar. Die Erinnerung schlug schon bald wieder auf mich ein und auch die Trauer ließ nicht lange auf sich warten. Die vertraute Schwere legte sich auf meinen Brustkorb und ich schlug die Decke zurück.

Verschlafen rieb ich mir mit der Hand übers Gesicht und ging ins Wohnzimmer. Meine Mutter saß apathisch auf dem Sofa und sah fern. Mein Bruder Christopher war bei den Cushmans. Mein Vater hatte sich ins Bett gelegt. Es war noch früh, aber keiner von uns hatte Lust, in der Welt der Wachen zu bleiben. Es schien besser, die Decke über den Kopf zu ziehen.

Ich ging zurück in mein Zimmer. Aber ins Bett konnte ich mich schlecht wieder legen, schließlich hatte ich ja gerade erst ein Nickerchen gemacht. Ich könnte lesen. Aber ich verwarf den Gedanken schnell wieder. Ich konnte mich eh nicht konzentrieren. Also Musik hören. Ich saß auf meinem Bett und ließ meine Gedanken zu den Ereignissen des Tages schweifen. Und endlich konnte ich der Wahrheit ins Auge sehen.

Jake war tot. Ich würde ihn nie wiedersehen, über seine Witze lachen oder ihn Gitarre spielen sehen. Im Alter von 20 Jahren waren ihm alle seine Träume genommen worden. „Warum, Gott?", flüsterte ich in Richtung Decke. „Warum musstest du ihn zu dir holen?"

Worte von der Beerdigung kamen mir wieder in den Sinn: mein Bruder, der davon sprach, dass Jakes Leben ganz darauf ausgerichtet gewesen war, Gottes Willen zu tun; ein Mädchen, das sagte, es sei Jakes größter Traum gewesen, Gott zu sehen; irgendjemand, der erwähnte, dass es Jakes Lebensziel gewesen sei, die falsche Philosophie dieser Welt zu ändern.

Und dann traf es mich wie ein Schlag: Gott war Jakes Traum. Jesus war sein Ziel. Jake hatte sein Leben komplett für Gott gelebt, und jetzt war er komplett in Gottes Gegenwart. Ich verstand plötzlich von ganzem Herzen.

All meine Hoffnungen und Träume für die Zukunft rasten mir durch den Kopf, und zum ersten Mal in meinem Leben wurde mir klar, dass ich sie loslassen musste. Aus Angst hatte ich meine Träume krampfhaft festgehalten, und ich wusste, dass Jesus mich darum bat, ihm zu vertrauen und ihm meinen kostbarsten Schatz anzuvertrauen.

Mir stand eine Entscheidung bevor, und an dem Tag beschloss ich, Gott zu meinem Traum zu machen. Ich legte all meine Hoffnungen und Wünsche vor ihm hin und sagte: „Nimm mich, Jesus. Alles, was ich bin."

In diesem Moment war mir klar geworden, dass Christsein nicht bedeutet, meinen Dienst für Gott abzuleisten und dann im Gegenzug auf seinen Zuspruch zu hoffen. Es bedeutete auch nicht, meinen Lebensweg zu planen und Gott dann um den Segen zu bitten für das, was ich mir ausgedacht hatte.

> Jesus nachzufolgen verlangt mir alles ab.

Als Jesus mich bat, mein Kreuz auf mich zu nehmen und ihm zu folgen, meinte er es ernst. Jesus nachzufolgen verlangt mir alles ab – meine Rechte, meine Träume, meine Zukunftspläne, mein Leben an sich. Nur so würde ich wahre Zufriedenheit finden und Jesus in seiner Ganzheit erleben können.

Jake hatte das verstanden. Das war seine Weltanschauung gewesen, und sein Tod hatte meine Sichtweise verändert. Jake hatte davon geträumt, die Philosophie dieser Welt und unsere Art zu denken zu ändern. Er hat an diesem Tag meine Lebensphilosophie verändert.

Ich habe immer noch Träume, aber jetzt habe ich keine Angst mehr, ihnen nachzujagen. Jetzt habe ich keine Angst mehr davor, dass meine Träume vielleicht zerplatzen könnten, denn jetzt ist Gott mein ultimativer Traum geworden. Ich weiß, er ist der einzige Traum, der mich niemals im Stich lassen wird.

Das Leben hält viele Lektionen bereit, und manche können sehr schmerzhaft sein. Jakes Tod war hart, aber er hat auch Segen gebracht. Ich kann jetzt voller Frieden auf seinen Tod zurückblicken – nicht nur wegen dem, was er mich gelehrt hat, sondern auch, weil ich weiß, dass Jakes Träume letztlich doch wahr geworden sind.

April Stier

MR RIGHT!?

Ich hatte nie einen festen Freund gehabt. Und irgendwie hatte ich nie dazugehört. Ich schaffte es nie, die Sache mit Make-up und Frisur richtig hinzubekommen und hatte nicht die richtigen Klamotten. Ich schätze, man könnte sagen, ich war ein wandelndes Modedesaster!

Ich gehörte zu einer tollen Jugendgruppe in der Gemeinde. Sie war echt groß und wir haben eine Menge cooler Sachen unternommen. Aber irgendetwas fehlte. Ich hatte dort nie wirkliche Freunde. Ich wohnte ziemlich weit von der Gemeinde und die meisten aus der Jugendgruppe gingen in die gleiche Schule. Ich war die Außenseiterin. Und es war wenig hilfreich, dass ich auch noch schüchtern war. Meist stand ich einfach auf dem Flur und sah den anderen dabei zu, wie sie lachend vorbeigingen und mit ihren Freunden herumalberten. Ich wollte immer so gerne dazugehören.

Meine Schulfreunde waren keine Christen und das machte es für mich noch schwerer. Wir hatten zwar auch manchmal Spaß zusammen, aber wahnsinnig viel

Zeit verbrachte ich nicht mit ihnen. Irgendwann fingen sie mit Alkohol und anderen Dingen an, also hielt ich mich meist fern. Ich versuchte, sie in die Gemeinde einzuladen, aber keiner wollte je mitkommen.

Wie du dir vermutlich vorstellen kannst, war ich vollkommen geflasht, als ich in der Jugendgruppe endlich einen Typen traf, der mich tatsächlich mochte! Mark war genau so, wie ich mir einen Freund immer gewünscht hatte. Ich wollte mit jemandem zusammen sein, der auch Christ war, aber auch beliebt. Mark war beides. Durch ihn lernte ich noch mehr Leute in der Jugendgruppe besser kennen. Bald gehörte ich zu der Clique, mit der ich schon immer gern befreundet sein wollte!

Mark und ich hatten schnell unser erstes Date und waren einander sehr nah. Er fragte mich, ob ich mit ihm zusammen sein wolle und ich sagte natürlich „Ja!". Wir erzählten uns gegenseitig von unserer Vergangenheit und womit wir heute zu kämpfen hatten, und wir sprachen auch darüber, was Gott in unserem Leben gerade tat. Ich dachte, alles sei perfekt; er schien so ein wunderbarer Mensch zu sein, der sich ganz auf Gott ausrichten wollte. Endlich hatte ich einen Typen gefunden, der ein starker Christ war! Ich fing schon an, von unserer Hochzeit zu träumen.

Doch je mehr Zeit wir miteinander verbrachten, desto mehr Raum nahm körperliche Nähe in unserer

Beziehung ein. Wenn wir ausgingen, suchten wir uns ruhige, abgeschiedene Orte aus. Wir sagten immer, dass wir dorthin gingen, um einfach zu reden; doch schon nach kurzer Zeit geriet die Sache außer Kontrolle. Wir fingen an, uns zu küssen. Küssen führte zu anderen Dingen, insbesondere zu intimen Berührungen. Ich dachte, das sei alles okay. Ich meine, er war Christ, also musste er doch wissen, was er tat, oder?

Aber ich muss zugeben, dass es immer eine leise Stimme in mir gab, die sagte, dass das alles nicht okay war. Trotzdem redete ich mir ein, dass alles in Ordnung sei. Ich versuchte nie, ihn aufzuhalten. Ich vertraute ihm. Aber mein schlechtes Gewissen blieb.

Dann wurde Mark plötzlich sauer, wenn ich ihn nicht so anfassen wollte, wie er mich anfasste. Er sagte, ich würde ihm meine Liebe nicht zeigen. Aber mir war einfach nicht wohl dabei, solche Dinge zu tun! Mir wurde klar, dass er der Einzige von uns beiden war, der unsere Beziehung in diese Richtung drängen wollte. Ich fasste ihn niemals so an und wollte es auch nicht, also warum sollte er es dann mit mir machen dürfen?

Mein ungutes Gefühl wuchs, doch ich ließ die Dinge weiter geschehen. Ich glaube, ich hatte Angst, denn ich hatte ja endlich jemanden gefunden, der mich liebte. Er gab mir das Gefühl, etwas Besonderes zu sein, und das wollte ich nicht verlieren.

Es war außerdem nicht so einfach, weil alle in der Jugendgruppe es total toll fanden, dass wir ein Paar waren. Ich bekam so oft zu hören, wie viel Glück ich hatte, dass Mark mein Freund war. Sie wussten ja nichts von meinen inneren Kämpfen. Aber mir kam es so vor, als sei ich die Einzige, die unsere Beziehung problematisch fand.

Dann kam der Tag, an dem Mark noch einen Schritt weitergehen wollte. Obwohl ich alles Bisherige in meinem Kopf irgendwie gerechtfertigt hatte, wusste ich, dass ich vor der Ehe keinen Sex haben wollte. Ich sagte jedes Mal „Nein", wenn er mich wieder damit unter Druck setzte. Ich wollte Jungfrau bleiben. Trotzdem ließ er nicht locker damit.

> Er behauptete, ich würde ihn nicht lieben, weil ich nicht mit ihm schlafen wollte.

Mark behauptete, ich würde ihn nicht wirklich lieben, weil ich nicht mit ihm schlafen wollte. Ich wusste, dass ich nicht auf solche Behauptungen hören sollte, weil sie manipulativ waren. Aber es war auch schwer, immer wieder abzulehnen. Ich wollte nicht, dass er mit mir Schluss machte, denn dann würde ich die Liebe und Annahme, die ich endlich gefunden hatte, wieder verlieren. Die Versuchung war viel stärker als ich je für möglich gehalten hätte!

Ich war so durcheinander. Ich stand kurz vor meinem Umzug in einen anderen Bundesstaat, um dort zu studieren. Ich hatte keine Ahnung, was ich tun sollte. Ich wollte meinen Freund nicht verlieren. Aber ich wollte nicht mit Sex unter Druck gesetzt werden. Ständig sagte er mir, dass wir das noch tun „müssten", bevor ich zur Uni ging. Wie ein Punkt auf einer To-do-Liste, der abgearbeitet werden muss. Aber was, wenn ich schwanger werden würde? Wie würde ich studieren können, wenn ich ein Kind hätte?

Unser letzter Abend vor meiner Abreise war voller gemischter Gefühle. Mir war klar, dass er mir schrecklich fehlen würde. Ich wollte nicht weg. Andererseits würde es eine Erleichterung sein, diesem Druck zu entkommen.

Dieser letzte Abend war sehr hart für mich. Der Druck war größer als je zuvor und ich ließ mich in eine Situation bringen, in der es fast passiert wäre. Aber ich weiß, dass Gott mir geholfen hat, denn in der Hitze des Augenblicks sagte ich schließlich „Nein!" und verließ das Zimmer.

Meine Erleichterung überraschte mich. Ich hatte damit gerechnet, dass ich meine Entscheidung bereuen und mir wünschen würde, wir hätten einen letzten leidenschaftlichen Moment zusammen erlebt. Ich dachte, ich hatte Angst, Mark zu verlieren. Stattdessen war ich einfach glücklich, mir selbst treu geblieben zu sein. Auch wenn wir viele Dinge getan haben, die ich bereue, bin ich dankbar, dass ich meine Unschuld nicht verloren habe.

Jetzt beginne ich mein Studium und bin froh, dass ich noch mal von vorne anfangen kann. Endlich bin ich nicht mehr diesem ständigen Druck ausgesetzt!

Tief in mir drin weiß ich, dass eine Fernbeziehung nicht gehalten hätte, denn unsere Beziehung basierte immer nur auf körperlicher Nähe. Ich hatte mich vorher nicht getraut, das zu sehen, aber mir fiel auf, dass Mark sich schon mit einem anderen Mädchen angefreundet hatte, während ich noch in der Stadt war. Es tut mir weh, dass ich wohl nur dazu da war, seine körperlichen Bedürfnisse zu befriedigen. Es tut mir weh zu sehen, dass ich wohl schnell zu ersetzen war.

Ich fühle mich von Mark verletzt und betrogen. Aber er hat mich nicht verdient, wenn er mich nicht mit Respekt behandelt. Ich werde warten, bis Gott einen Typen vorbeischickt, der mich nicht andauernd in Richtung Sex drängt. Ich möchte einen Freund, der meine Werte respektiert.

Gracie Hanna

DER DUFT GOTTES

Ich wohnte in einem kleinen Wohnwagen in Missouri. Wenn man mein Zimmer betrat, sah man auf der rechten Seite einen alten, kaputten Fernseher, direkt vor sich ein schmales Bett und auf der linken Seite einen winzigen Kleiderschrank. Darin waren die wenigen Klamotten, die ich unter der Woche anziehen konnte; außerdem befanden sich darin die Wasserleitungen für die Waschmaschine. Es kam immer mal wieder vor, dass die Leitungen kaputtgingen und ich dann nur nasse Klamotten zur Verfügung hatte. Ich schämte mich. Ich fragte Gott: „Warum muss ich hier wohnen?"

Ich erinnere mich noch lebhaft an einen bestimmten Abend. Ich kam von einer Bibelstunde mit der Jugendgruppe nach Hause, ging in mein Zimmer und betete. Doch irgendetwas stimmte nicht mit meinem kleinen Kämmerchen. Als ich aufsah, erkannte ich alles in meinem Zimmer, mit einer Ausnahme, die alles überschattete: Mein Vater hatte sich in meinem Zimmer breitgemacht.

An seiner Haltung und seinem Blick konnte ich ablesen, dass er mindestens zwei Sixpacks bearbeitet oder vielleicht sogar geleert hatte. (Und ich rede nicht von Limo, sondern zwei der üblichen Sixpacks Bier, die oft in unserem Kühlschrank lagerten. Ich erinnere mich an viele Tage, an denen es mehr Bier in unserem Kühlschrank gab als Essen.) Er stand einfach da und ich fragte mich, was er vorhatte.

Meinem Vater waren Wut und Auseinandersetzungen nicht fremd. Er kam langsam auf mich zu und fragte, wo ich gewesen war. Anklage über Anklage brach über mich herein. Er sagte, dass die Gemeinde mich einer Gehirnwäsche unterzogen hatte. Spucke und Schimpfwörter flogen nur so aus seinem Mund. Ich fragte mich, warum mein Vater, den Gott mir gegeben hatte, mich so behandelte.

> In seinem Suff hatte mein Vater einen Abdruck auf mir hinterlassen, den ich niemals vergessen würde.

Und dann passierte es. Mit erhobener Faust sagte er: „Du gehst auf gar keinen Fall mehr in die Gemeinde!" Zack! Ich merkte, wie ich jeden Halt verlor. In seiner Wut und seinem Suff hatte mein Vater einen Abdruck auf mir hinterlassen, den ich niemals vergessen würde. Erst wusste ich nicht, was passiert war. Aber als ich auf meinem Bett lag, wurde mir klar: Mein Vater hatte mich geschlagen, weil ich meinen wahren Vater angebetet hatte.

Der Pastor meiner Gemeinde nahm mich unter seine Fittiche. Ich kann mich nicht erinnern, ihm viel über meine Familie erzählt zu haben; ich glaube, irgendwie wusste er einfach, dass ich es zu Hause nicht allzu gut hatte. Er bot sich mir als Ansprechpartner an.

Manchmal gingen meine Freunde und ich um Mitternacht zu seiner Wohnung, klopften wie wild an die Tür und rannten dann lachend weg. Er beschwerte sich nie über unsere kindischen Spielereien. Die Liebe von Gott, dem Vater, wurde mir durch ihn gezeigt. Ich konnte mit allem zu ihm kommen.

Der Pastor und seine Frau waren die idealen Eltern. Ich erinnere mich noch an meine erste Begegnung mit seiner Frau. Ich war erkältet, aber trotzdem in die Gemeinde gekommen. Sie klopfte mir freundschaftlich auf die Schulter und bot mir ein schleimlösendes Medikament an, das sie zu Hause hatte. Es zeigte mir, dass sie an meinem Befinden interessiert war.

> Mein himmlischer Vater liebt mich von ganzem Herzen.

Nach ein paar Monaten waren sie für mich meine Gemeindeeltern geworden. Mindestens dreimal die Woche aß ich bei ihnen zu Abend und erzählte, was bei mir los war. Und die beiden kümmerten sich um mich!

„Ich werde euer Vater sein, und ihr werdet meine Söhne und Töchter sein. So spricht der Herr, der

37

allmächtige Gott" (2. Korinther 6,18; Hfa). Wow, der Gott des Universums möchte mein Vater sein. Ich brauchte eine Weile, um das zu verstehen. Ich weiß zwar, dass mein irdischer Vater mich trotz allem liebt; doch der Gott des Universums verspricht mir, dass er mein ultimativer Vater sein will, egal, was passiert.

Durch die Gemeinde hat Gott mir gezeigt, wie es ist, Teil einer richtigen Familie zu sein, in der Gott für jeden von uns einen Platz vorgesehen hat. Durch meine Gemeinde und die Familie, die Gott mir gegeben hat, sehe ich, wie sehr mich mein himmlischer Vater liebt.

Wenn ich jetzt an der Bibelschule in meinem kleinen Zimmer sitze, mit meinem schmalen Bett und dem kleinen Kleiderschrank, spüre ich wieder etwas, wenn ich bete. Wenn ich dann aufsehe, sehe ich aber nicht einen Vater, der mich brechen will; ich sehe einen Vater, der die Liebe seines Sohnes auf mich scheinen lässt.

Gott zieht mich zu sich, zu seinem Herzen. Und dort denke ich nicht mehr an den Geruch von Alkohol, den mein irdischer Vater verströmt, sondern drücke meine Nase an ihn und atme tief den Duft des Vaters ein. Was ich dann rieche, ist der Duft der Liebe.

Thad Fisher

KEINE LEERE MEHR

In den Tiefen meiner Seele
liegt wartend ein strudelndes Loch.
Ich versuche immer wieder, es zu füllen.
Doch dieser Abgrund bleibt leer;
er hat kein Ende.
Die Leere ist gefüllt mit
Todesangst und Depression.
Ich kann diese Dunkelheit nicht ertragen;
Der Druck macht mich fertig.
Ich falle auf die Knie,
die Last auf meinen Schultern ist so schwer.
Ich schreie zu Gott, enthülle alles,
was meiner Seele fehlt.
Ich liege da, wartend,
rechne nicht mit einer Antwort,
als ob es hoffnungslos wäre,
als würde ich nur mit dem Himmel sprechen.
Alles ist still. Dann höre ich
eine zarte, leise Stimme.

Dann, wie Wasserströme,
erfüllen mich Freude und Hoffnung.
Der Herr Jesus Christus hat meinen Namen gesegnet;
er hat mich weiß gewaschen und den Fleck entfernt.
In den Tiefen meiner Seele
gibt es keine Leere. Gott sei Dank,
Jesus hat die Kontrolle.

Carl Tsangarides
(verfasst mit 18 Jahren)

WENN DICH DIE VERZWEIFLUNG PACKT

„Der Herr ist denen nahe, die verzweifelt sind, und rettet jeden, der alle Hoffnung verloren hat" (Psalm 34,19; Hfa).

Mit meiner Lieblingsdecke und einem Kissen aufs Sofa gekuschelt, zog ich die Ausgabe von *Little Women* hervor, die meiner Oma gehört hatte. Ich strich mit der Hand über das glatte, harte Cover und schlug dann die Seite auf, auf die sie ihren Namen geschrieben hatte, Margaret Kronberg. Ich atmete den wunderbaren Duft dieses alten Buches ein und fragte mich, wie oft sich meine Oma abends mit dieser offensichtlich oft gelesenen Geschichte ins Bett verkrochen hatte.

Bis zu diesem Abend hatte ich mich schuldig dafür gefühlt, dieses kostbare Buch zu besitzen. Ich hatte es bekommen, als meine Eltern das Haus meiner Oma verkauft hatten, weil sie in ein Pflegeheim umziehen musste – der Ort, an dem sie lebte, seit ihre Alzheimererkrankung es ihr unmöglich gemacht hatte, weiter allein zu wohnen.

„Wenn du irgendetwas siehst, das du haben möchtest, dann nimm es dir", hatte meine Mutter mit einem Hauch Melancholie in der Stimme gesagt. „Es ist ihr bestimmt lieber, dass wir ihre Sachen nehmen als dass wir sie auf dem Flohmarkt verscherbeln oder Fremden geben, die sie nicht zu schätzen wissen."

Also nahm ich ein paar schöne Teetassen und einige andere Dinge, die meine Großmutter mir laut meiner Mutter eh irgendwann gegeben hätte, sowie einen Stapel Bücher, darunter eben *Little Women*. Es fühlte sich damals an, als würde ich meine Oma bestehlen.

> **Warum fühlte sich die Trauer so an?**

Aber heute Abend, nachdem ich erfahren hatte, dass meine Oma für immer gegangen war, war ich dankbar, ihre Bücher zu haben, ganz besonders dieses eine.

Ich hatte die erste Hälfte des Tages im Schockzustand verbracht und die zweite damit, meine Freunde anzurufen, um ihnen zu sagen, was passiert war. Eine Freundin sagte, sie werde mich später zurückrufen, doch sie tat es nicht. Jetzt, da alle anderen Mitglieder meiner Familie entweder schliefen oder nicht zu Hause waren, wünschte ich, meine Freundin würde anrufen, auch wenn es schon spät war. Ich war zum ersten Mal an diesem Tag traurig. Warum fühlte sich die Trauer so an, allein mit Omas Ausgabe von *Little Women*?

„Gott", betete ich, „warum muss ich ausgerechnet jetzt allein sein?" Irgendwie fühlte sich selbst er weit weg an.

Natürlich wusste ich tief in mir drin, dass Gott da war, egal wie ich mich fühlte. Meine Freunde ließen mich vielleicht allein, wenn ich Hilfe brauchte, aber als Kind Gottes war ich niemals wirklich verlassen.

Um mich von meiner Trauer abzulenken, blätterte ich durch die vergilbten Seiten und las ein paar Kapitel in dem Buch in meinen Händen. Es war immer noch eins meiner Lieblingsbücher. Es tröstete mich, Szenen zu genießen, die auch meine Oma wieder und wieder gelesen hatte, damals in der Zeit, als es Fernseher, Smartphones und Laptops noch nicht gab. Wieder einmal wünschte ich, jemand wäre bei mir, um diesen bittersüßen Moment mit mir zu teilen.

,Aber es ist doch jemand da!', wurde mir plötzlich klar. „Der Herr ist denen nahe, die verzweifelt sind."

Mir kamen die Tränen, als mir klar wurde, dass Jesus diesen Moment mit mir teilen wollte. Er wollte dabei sein, wenn ich daran dachte, wie oft Oma mir vorgelesen und so ihre Liebe zu Büchern an mich weitergegeben hatte. Oder die vielen Male, an denen ich zu ihr gerannt kam mit irgendeinem albernen Kinderbuch und verlangte: „Oma, das musst du einfach lesen, das ist sooooo toll!" Ich war so stolz, wenn sie das Buch dann nahm und durchblätterte. Ich war immer noch traurig, aber auf unerklärliche Weise verspürte ich auch Freude und Frieden dadurch, mich Gott zu nähern, ihn meinen Freund und Tröster sein zu lassen, während ich Omas Buch las und in Erinnerungen an sie schwelgte.

Über eine Stunde später schloss ich die Augen, sinnierte noch über die letzten paar Zeilen, die ich in *Little Women* gelesen hatte, und fühlte mich Gott immer noch sehr nah. Die kommende Woche würde hart werden. Nicht nur, dass ich die Beerdigung überstehen musste; ich musste mich auch zusammenreißen, um meinen Alltag zu bestehen, zum Beispiel eine Chorprobe gleich am nächsten Morgen. Doch wenn es mir gelingen würde, den Frieden dieses Abends zu bewahren, war ich sicher, die nächsten Tage durchstehen zu können.

Wenn ich heute zurückblicke, bin ich immer noch ergriffen davon, wie oft und auf wie viele Arten und Weisen ich Gottes Nähe in dieser schwierigen Woche gespürt habe.

Ich spürte, dass Gott bei mir war, als ich bei der Beerdigung meiner Oma dran war, ein paar Worte zu sagen und dann *How Great Thou Art* zu singen. Er gab mir die Kraft für die Musik- und Theaterproben für eine Aufführung, die ich für ein Frauenfrühstück in unserer Gemeinde geplant hatte, nur ein paar Tage nach der Beerdigung.

Und um mir zu zeigen, dass er mich nie alleine trauern lassen würde, schickte Gott eine Freundin, die mich in den Arm nahm, ein offenes Ohr und viele Taschentücher hatte – genau an dem Sonntag, als mich meine Gefühle übermannten und ich mitten in der Gemeinde in Tränen ausbrach.

Dann kamen Postkarten mit tröstenden Worten genau dann, als ich sie brauchte. Ich hörte Lieder im Radio und las Bibelverse in meiner Stillen Zeit, die genau die richtigen Worte für mich enthielten. An einem Nachmittag, als ich sehr traurig war, folgte mir sogar ein großer Schmetterling durch den Garten, als ich die Rosenbüsche goss. Er tanzte um mich herum, bis ich mich besser fühlte und flog dann über den Zaun davon.

Seit dem Abend, an dem ich mich mit Omas Buch ins Bett gekuschelt habe, hat es immer mal wieder schwarze Tage gegeben, an denen ich mich allein gefühlt habe. Ich kenne immer noch einsame Momente mit dem Gefühl, verlassen zu sein, weil keiner meiner Freunde erreichbar ist. Aber ich lerne, mich schneller an den zu wenden, der mich niemals verlassen wird. Dann erinnere ich mich an Zeiten wie die Woche von Omas Beerdigung und denke daran, wie oft mir Gott da seine Nähe gezeigt hat. Dann bete ich: „Herr, hilf mir, nicht zu vergessen, dass du das hier mit mir zusammen durchstehst."

45

Meist passiert es genau dann, dass Gott durch sein Wort oder ein christliches Lied zu mir spricht, dass ich seine Berührung durch die Umarmung einer Freundin spüre oder sein Lächeln durch die Schönheit der Natur. Dann kehren dieser unerklärliche Friede und die Freude zurück, und ich kann aus meiner Niedergeschlagenheit hervorkommen und Gott flüstern hören: „Ich bin hier, nahe denen, die verzweifelt sind."

Jeanette Hanscome

EIN GROSSER MEILENSTEIN

*Ich komme an eine Art
Weggabelung. Ich könnte auf dem
Weg bleiben, auf dem ich gekommen war.
Oder ich könnte
eine neue Richtung einschlagen.
Es sieht sicherer aus,
auf dem alten Pfad zu bleiben.
Der andere Pfad sieht
riskanter und unheimlich aus …
aber irgendwie auch verlockend.
Ich schließe die Augen
und mache einen Schritt.
Ich bin auf dem neuen Pfad.
Ich bin nicht sicher, wohin ich gehe
oder was von mir erwartet wird.
Aber das wird schon.*

GOTT, GEBRAUCHE MICH

Ich stand da mit meinem Tablett in der Hand und suchte nach einem freien Platz. Mein Blick fiel auf mein Essen: Ein Hotdog, Baked Beans und Maischips. Nichts davon wollte ich essen. Ich ließ meinen Blick wieder durch den Raum schweifen und sah ungefähr hundert Obdachlose, die meisten von ihnen Männer, viele von ihnen doppelt so alt wie ich.

Was mache ich hier? Ich holte tief Luft und betete. *Gott, gebrauche mich.*

Ich fand einen freien Platz an einem Tisch mit sechs Männern in schäbigen, stinkenden Klamotten und meinem Freund Jason, der auch zu dem Missionsteam gehörte, mit dem ich unterwegs war. Jason und ich versuchten, ein Gespräch in Gang zu bringen, während wir alle aßen.

„Woher kommst du? Hast du Familie?"

Worüber spricht man mit Obdachlosen?

Meistens bekamen wir kurze, grummelige Antworten.

„Denver."

„Nein."

Alle Männer aßen schnell und gingen dann. Einer jedoch blieb. Jason und ich setzten uns neben ihn, damit wir seine sanfte Stimme besser hören konnten. Wir stellten ihm Fragen über sein Leben, seine Vergangenheit. Sein Name war Sompong.

„Ihr könnt Som zu mir sagen. So nennen mich meine Freunde."

Er war ungefähr 30 Jahre alt, in Bangkok geboren und schon als Kind mit seiner Familie in die USA gekommen, um den Wirren, die den Vietnamkrieg umgaben, zu entkommen. Die Familie hatte sich dann in Alabama niedergelassen, wo er den Großteil seines Lebens verbracht hatte.

„Wann bist du hierher nach Atlanta gekommen?", fragte ich.

> Ich war überwältigt davon, jemanden zu treffen, der so anders war als ich, und es tat mir leid, dass sein Leben so schwer war.

„Vor drei Jahren. Meine Eltern sterben. Ich wohne bei meinem Bruder, aber er sagt, ich soll gehen. Also komme ich nach Atlanta. Ich arbeite in einem Lager und fahre Gabelstapler, aber sie feuern mich. Also gehe ich in ein Heim. Ich versuche, Arbeit zu finden."

Er zog eine Bewerbungsmappe hervor und zeigte sie mir. Alles war sauber getippt und gut geschrieben.

Offenbar hatte ihm jemand damit geholfen. Vier oder fünf frühere Jobs waren dort aufgelistet.

„Niemand gibt mir Arbeit. Wirtschaft ist zu schlecht." Ich nickte.

Das Gespräch stockte. Ich war überwältigt davon, jemanden zu treffen, der so anders war als ich, und es tat mir leid, dass sein Leben so schwer war.

Som fragte uns, woher wir kamen und warum wir hier waren. Wir erzählten ihm, dass wir mit unserer Schule in Ohio einen Missionseinsatz machten. Wir wollten Obdachlose kennenlernen und ihnen helfen, so gut wir konnten. Weil wir Christen waren.

Er nickte.

„Im Heim haben sie mir eine Bibel gegeben. Sie predigen auch. Sie beten vor dem Essen." Er hielt inne. Dann fing er an, Fragen zu stellen – simple Fragen, tief gehende Fragen. „Wer war Jesus? Ist er gestorben, um alle Menschen zu retten? Was passiert, wenn ich Mist baue?"

Wir erklärten ihm alles, so gut wir konnten, und versuchten, alle Unklarheiten zu beseitigen. Wir gaben unser Bestes, ihm verständlich zu machen, was es wirklich bedeutet, Gott zu kennen.

Nach ungefähr einer Stunde musste er zurück in seine Unterkunft, bevor diese für die Nacht geschlossen wurde. Bevor er ging, beteten wir mit ihm. Er dankte uns für das Gespräch und ging.

Jason und ich waren baff darüber, wie Gott uns gebraucht hatte. Som war so anders als wir. Fast doppelt so alt wie wir. Aus einem Ort, so weit weg. Mit einem Leben, das so viel härter war als unsere gesegnete Mittelschichtsexistenz. Trotzdem hatte Gott *uns* gebraucht.

Som hatte eine Bibel (falls er sie überhaupt lesen konnte). Man hatte für ihn gebetet und zu ihm gepredigt. Aber niemand hatte je Interesse an ihm gezeigt. Niemand hatte Anteil an seinem Leben genommen oder sich überhaupt für ihn interessiert und ihm geholfen, Jesus kennenzulernen.

Nach dieser Erfahrung war ich von Ehrfurcht ergriffen und verblüfft, dass Gott uns schwache, ängstliche Christen benutzt, um Menschen näher zu sich zu ziehen. Wir müssen einfach nur bereit sein, uns von ihm gebrauchen zu lassen.

Melissa Hill

PERFEKTES TIMING

Ich lehnte mich zurück, nahm noch einen Schluck aus meinem Becher und schaute unserer Vorgruppe beim Entladen ihres Busses zu. Nach Jahren, in denen ich selbst immer zur Vorgruppe gehört hatte, war es schön, sich zurücklehnen zu können und anderen die Arbeit zu überlassen. Endlich waren wir mal die Hauptband. Wir hatten Techniker, die uns dabei halfen, Gitarren und Schlagzeug richtig einzustellen. Wir hatten eine Crew, die unser Zeug auspackte.

Aber in meinem Herzen verspürte ich einen Stich. Ich fühlte mich schuldig. Stirnrunzelnd fragte ich mich: *Aber wofür fühlte ich mich schuldig?* Es war nichts falsch daran, vor dem Konzert noch ein bisschen zu entspannen. Jede Band musste Lehrgeld bezahlen und für eine Weile ohne die Hilfe einer Crew auskommen.

Ich trank noch einen Schluck Limo und versuchte, mich zu entspannen. Doch die Schuldgefühle gingen nicht weg, während ich weiter der Vorgruppe zusah, die mit ihrem Equipment hin und her lief. Meine Eltern kamen mir in den Sinn, und ich fragte mich, was sie in dieser Situation tun würden. Sie waren mir immer ein tolles Vorbild im Glauben gewesen und hatten oft betont, wie wichtig es sei, für andere ein gutes Beispiel zu sein.

Ich wuchs auf als das Kind eines Pastors, aber ich war nicht der typisch rebellische Junge. Tatsächlich fand ich es super, quasi in der Gemeinde aufzuwachsen.

Es war wirklich cool, denn ich war in einer tollen Gemeinde. In vielen Gemeinden wird den Leuten gesagt, was sie tun und lassen sollen. Ich habe viele Pastorenkinder erlebt, die über die Stränge geschlagen sind, weil sie keine Lust mehr hatten auf all die Regeln und Gesetze. Bei mir war das anders. Meinen Eltern war es immer wichtig, das *Warum* hinter allem zu erklären. Sie sagten dann: „Wir machen das nicht, weil ..." oder: „Das ist keine gute Idee, weil ...". Also hatte ich schon als Kind immer eine gute Vorstellung davon, warum bestimmte Dinge nicht so gut waren.

Mein Vater ist in einem sehr strengen Umfeld aufgewachsen. Wenn er das Haus verließ, lief er von Gott weg, machte man ihm klar. Irgendwann sagte er sich: „Wenn Gott so ist, möchte ich mit ihm nichts zu tun haben." Mein Vater hat viel aus seiner Vergangenheit gelernt und wollte nicht die gleichen Fehler machen. Mein Leben beweist, dass man groß werden und stark bleiben kann, selbst als Pastorenkind.

In der Schule habe ich viel Fußball gespielt und konnte sogar dank eines Fußballstipendiums studieren. Es war mein Kindheitstraum, eines Tages Profi zu werden, aber ich verfolgte ihn nie ernsthaft. Wenn man jedes Jahr mit Sportverletzungen ins Krankenhaus muss, kommt man ins Nachdenken.

Meine Mannschaftskollegen lebten ein ganz anderes Leben als ich. Sie versuchten oft, mich zum Mitmachen zu bewegen. Ich sagte dann: „Nee, ich habe einfach keinen Spaß an so was." Das war okay so, denn irgendwann respektierten sie mich und meinen Glauben, wahrscheinlich mehr, als wenn ich ihnen nachgegeben hätte. So war ich ein bisschen anders, und sie wussten, dass ich an das glaubte, was ich lebte. Ich war kein „Wischi-waschi-Christ".

Für eine Weile überlegte ich, in die Fußstapfen meines Vaters zu treten und für eine Gemeinde zu arbeiten. An der Uni war dann Wirtschaftslehre mein Hauptfach, und ich dachte, das könnte mir überall helfen. Falls ich Pastor werden würde, würde mir dieses Wissen nützen, denn schließlich hat das Leiten einer Gemeinde ja auch eine geschäftliche Seite.

Doch während meiner Studienzeit fing ich mit ein paar Freunden an, Worship-Abende zu leiten. Nachdem wir einige Male zusammen gespielt hatten, wurde uns klar, dass wir eine Band hatten, mit der wir gerne auch eigene Stücke spielen würden. So fing alles an. Wir nannten uns Kutless. Die Idee dahinter war, dass Jesus durch seinen Tod am Kreuz all die Verletzungen durch Schnitte (also, „cuts") und Prellungen ertragen hat, die eigentlich wir verdient gehabt hätten, sodass wir sozusagen „cut-less", ohne Schnitte, sind.

Gott legte mir also Musikmachen ans Herz. Ich wusste, dass ich dazu berufen war. Als ich meinen Eltern davon erzählte, dachten sie erst, das sei einfach eine Träumerei – jedes Kind will schließlich irgendwann mal Rockstar werden.

„Nein, ganz im Ernst, ich glaube wirklich, dass Gott mich dazu beruft", erklärte ich ihnen.

Keiner rechnete wirklich damit, dass es klappen würde. Aber trotzdem blieb ich standhaft. Ich hatte keine Ahnung, was passieren würde, denn ich hatte keine Beziehungen in der Branche, aber ich vertraute darauf, dass Gott mich in die richtige Richtung führen würde.

Eines Tages begegnete unser Gitarrist James in einem Skatershop zufällig einem Typen von einer Plattenfirma. James erzählte ihm von unserem nächsten Konzert und der Typ sagte: „Ich arbeite für Tooth and Nail/BEC Records."

Ich konnte es nicht glauben, als James mir davon erzählte. Ich dachte: „Mann, du hast echt ein perfektes Timing, Gott!"

Von da an ging es richtig los. Es war fantastisch zu sehen, wie sich der rote Teppich sozusagen für uns ausrollte und wir einfach nur drübergehen mussten. Gott hatte wirklich die Türen geöffnet. Im ersten Jahr spielten wir 220 Konzerte, im zweiten Jahr sogar 250. Wir nahmen immer mehr Fahrt auf, bis wir schließlich eine eigene Tour als Hauptact bekamen.

Während ich immer noch die Vorgruppe beim Ausladen ihrer Sachen beobachtete, erinnerte ich mich an unsere Anfangsphase. Damals gab es viele anstrengende Tage und eine Menge harter Arbeit. Mir wurde klar, dass ich nicht über den Dingen stand. Es ist leicht, sich bedienen zu lassen, aber ich wusste, dass Gott mich zu dem anderen Extrem berufen hatte – zum Dienen.

> Ich fühlte mich ertappt und wusste, dass Gott zu mir gesprochen hatte.

Ich fühlte mich ertappt und wusste, dass Gott zu mir gesprochen hatte. Auch wenn ich jetzt zu der Band gehörte, die die Hauptgruppe war, musste ich ein gutes Vorbild sein. Diente ich den anderen Bands um mich herum? Half ich ihnen jemals? Ich wusste, dass das nicht der Fall war.

Ich stand also auf und half den Jungs beim Ausladen. Während ich das tat, fiel mir ein, wie Jesus seinen Jüngern die Füße gewaschen hatte, und dass auch ich solche

57

Demut zeigen sollte. Wenn er sich hinknien und drecki-ge Füße waschen konnte, wie viel mehr sollte ich bereit sein, diesen Leuten zu helfen, ein paar Sachen zu tragen?

Es kommt immer wieder vor, dass ich bei so etwas wieder nachlasse. Es ist ein ständiger Kampf. Aber das Dienen hilft mir dabei, demütig zu bleiben und die Falle zu umgehen, in die so viele Prominente fallen – Stolz. Wenn man die Position eines Dieners einnimmt, ist es wirklich schwer, stolz zu sein.

Jon Micah Sumrall

Kutless

Jon Micah Sumrall – Gesang
James Mead – Gitarre
Nick DePartee – Gitarre
Kyle Peek – Schlagzeug
www.kutless.com

Persönliche Ziele
Die Ziele und Methoden von Kutless sind seit langer Zeit gleich: Konzentration. Leidenschaft. Hohe Arbeitsmoral. Charakter. Der Wunsch, besser zu sein, zu schreiben, zu

spielen. Oder wie Jon Micah es ausdrückt: „Für uns ist es ein solcher Segen, da zu sein, wo wir sind, und wir wollen einfach immer noch mehr erreichen. Es fühlt sich einfach so an, als seien wir genau dafür geboren."

„Wir wollen die Leute umhauen", fährt Jon Micah fort. „Gleichzeitig ist es genauso wichtig, mit den Gemeinden vor Ort und ihren Jugendpastoren zusammenzuarbeiten. Wir sorgen dafür, dass die Leute, die zu einer Show von Kutless kommen, wissen, dass Jesus sie liebt, sich um sie kümmert und sich danach sehnt, Zeit mit ihnen zu verbringen. Wir haben als Band das Glück, diese Plattform für unsere Musik zu haben. Wir fühlen uns geehrt, die Liebe von Jesus Abend für Abend rüberbringen zu dürfen."

Wie die Band entstand

„Wir haben als Worship-Band an der Uni angefangen. So haben wir uns quasi getroffen", erinnert sich Jon Micah. „Donnerstagabends hatten wir immer so eine schnellere, alternative Form von Worship. Da haben wir angefangen, zusammen zu spielen. Erst viel später haben wir selbst Lieder geschrieben und sind damit aufgetreten. Unsere Wurzeln liegen in der Anbetungsmusik, aber irgendwie sehen wir alles, was wir an Musik schreiben und spielen als Anbetung; alles, was Gott verherrlicht, ist Anbetung."

LEHREN UND LERNEN

Intelligent, hübsch, unterhaltsam – diese Worte beschreiben meine Kids; Kids, die mich inspirieren, wann immer ich sie sehe. Ich bin ein Teenager mit der Aufgabe, sieben Fünftklässlern Biblischen Unterricht zu geben. Ich mache das jeden Sonntagmorgen für ungefähr eine Stunde. Die meisten von ihnen sind hellwach und bereit, einen klaren, kalten Morgen mit einem breiten, seligen Grinsen zu beginnen. Manche meiner Kids sind ziemlich vorlaut und geben gerne ständig Kommentare ab. Andere sitzen einfach ruhig da und versuchen, sich hinter ihren Brotboxen zu verstecken, um nichts sagen zu müssen. Die meisten machen gerne mit und lesen vor, um zu zeigen, was sie gelernt haben. Sie alle sind einzigartige, erfrischend authentische Persönlichkeiten.

Ich liebe es, immer mehr von diesen Kids zu lernen und die Verantwortung für sie zu übernehmen. Ich muss für sie da sein. Sie saugen alles auf, was ich sage oder tue.

Ich bin ein gewöhnlicher Teenager, der sowohl ungeduldige Momente als auch unerwartete Begeisterung erlebt. Eigentlich mochte ich es lange nicht, mich mit Kindern zu beschäftigen, denn ich dachte immer, dass ich eh nichts Intelligentes zu sagen habe. Außerdem dachte ich, sie hätten Gehirne in der Größe von Erdnüssen. Mir war nie klar gewesen, dass ich von ihrer Art zu denken viel lernen kann.

Irgendetwas ganz tief in meinem Herzen sagte mir, ich solle im Leben anderer etwas bewegen. Irgendetwas sagte mir, ich solle die Fehler der Vergangenheit annehmen und Kids dabei helfen, nicht die Fehler zu machen, die ich gemacht habe. Dieses „Irgendetwas" war Gott. Ich hätte nie gedacht, dass das Lächeln dieser Kinder mir das Gefühl geben würde, dass alles gut wird.

Mir war nicht klar, wie leicht es war, ein Kapitel in der Bibel zu lesen und es den Kindern zu erklären. Vor der ersten Unterrichtsstunde wusste ich, was zu sagen nötig war und was nicht; ich wusste es in dem Moment, als ich ihnen in die Augen sah. Sie sahen wie nette, unschuldige Kinder aus, und das waren sie auch. Jeder Einzelne von ihnen folgte meinen Anweisungen.

Ich weiß noch, dass ich mir manchmal sagte, dass ich sie brechen könnte, wenn ich meine Stimme gegen sie erheben würde. Ich bestrafte nur dann, wenn es wirklich nötig war. Mir wurde klar, dass Eltern es wirklich so meinen, wenn sie sagen, dass sie es hassen, manchmal bestrafen zu müssen. Endlich verstand ich sie.

Seit ich diesen Unterricht gebe, habe ich sehr viel von diesen Kindern gelernt, jede Stunde aufs Neue. Sie drücken sich auf eine Weise aus, die mir das Gefühl gibt, dass die Welt ein unschuldiger Ort ist. Mein Leben wurde in ein einziges Wunder verwandelt. Durch ihre Art haben sie mir gezeigt, dass das Leben wirklich voller Freude und von aller Härte befreit sein kann.

Ich bin gerne mit diesen Kindern zusammen. Sie haben es verdient zu wissen, was das Beste ist. Also bringe ich ihnen bei, sich selbst anzunehmen und zu lieben, wer sie sind. Ich bringe ihnen bei, dass Gott ihnen immer zuhört, ganz egal, was passiert. Er ist immer für sie da.

> Ich habe so viel von diesen Kindern gelernt, jede Stunde aufs Neue.

Ich bringe ihnen bei, dass man manchmal kleine Schritte machen muss, um seine Ziele zu erreichen, oder dass man manchmal größere Schritte braucht, um sich Träume zu erfüllen. Ich erinnere sie immer wieder daran, wie wichtig richtige Entscheidungen sind und dass sie einen Sinn für ihr Leben finden sollten.

Mein Leben hat sich dank dieser tollen Kinder verändert. Meine Freude über sie ist so groß, dass selbst der traurigste Mensch davon millionenfach gesegnet werden könnte. Immer wenn ich den Unterrichtsraum betrete, hoffe ich, wieder mehr von diesen Kindern zu lernen. Ich beobachte immer gerne, wie sich die Kinder verhalten und wie sie reagieren. Sie bringen mich zum Lachen und erinnern mich daran, dass überall um mich herum Liebe ist.

Nach jeder Unterrichtsstunde gehe ich nach Hause und stelle fest, dass mein Herz sich von einem harten, eisigen Klumpen zu einem warmen und liebevollen Etwas entwickelt hat. Ich bin stolz auf meine Arbeit als ihre Lehrerin und glücklich, dass sie auf meinen Rat hören. Ich freue mich immer total auf das nächste Mal; ich brauche den Unterricht genauso sehr wie sie.

Elizabeth Martins

DAS IST LEBEN

Ich wache am Morgen auf
Und ich atme
Die Sonne scheint durch mein Fenster
Das ist Leben
Ich renne über eine Wiese
Und am Ende schnappe ich nach Luft
Keinen Schritt kann ich mehr gehen
Das ist Leben
Ich sehe jemanden in Not
Ich kann nicht aufhören zu geben
Das Gefühl, das ich bekomme
Das ist Leben
Mein Tag ist vollkommen
Ich schreibe in mein Tagebuch
Mein Stift fliegt über die Seite
Das ist Leben

Er tat seinen letzten Atemzug
Wir dachten, er geht für immer
Aber er kam zurück
Das ist Leben

Tekoa Miller
(verfasst mit 17 Jahren)

GOTTES LIEBE, GEFUNDEN IN TRINIDAD

Ich hielt mich im hinteren Teil der Gruppe auf, als wir auf das Haus zugingen. Oder vielmehr das, was in Trinidad als Haus gilt. Nach amerikanischem Standard war es eher eine provisorische Hütte, die wackelig auf etwas stand, das wie vier zweieinhalb Meter lange Bahnschwellen aussah.

Ich fühlte mich unwohl bei dieser Tür-zu-Tür-Aktion. An der Tatsache, dass jeder in der Gruppe versuchte, nicht ganz vorne zu laufen, konnte man erkennen, dass es mindestens sieben anderen Leuten ganz ähnlich ging.

„Hallo!", rief Rick, ein eher extrovertiertes Mitglied unserer Gruppe. „Jemand zu Hause?" Einen Augenblick später sahen wir eine ältere Frau ganz oben auf der wackeligen Treppe stehen. Sie hatte die durchschnittliche Größe der Menschen auf Trinidad (etwa 1,60 m) und ihr schlichtes, geblümtes Kleid hing lose über ihrem knochigen Körper. Doch selbst aus der Entfernung konnten wir sehen, dass ihr runzeliges Gesicht freundlich war.

„Hallo!", sagte Rick wieder und winkte. „Können wir einen Augenblick mit Ihnen reden?"

„Ja, ja!", sagte die Frau lächelnd, offensichtlich begeistert über den Besuch – auch wenn es sich hierbei um eine Gruppe schwitzender Amerikaner handelte, die ihr Bestes gaben, nicht wie Touristen auszusehen. (Worin wir kläglich scheiterten, wie ich zugeben muss. Die Kameras, die wir alle um den Hals trugen, waren ein todsicherer Hinweis.)

„Bitte, kommt rauf!", fuhr sie fort.

„Danke!", rief Rick zurück und begann, die Treppe hochzusteigen. Ich ließ erst ein paar andere vor, um sicherzugehen, dass die Treppe (die noch schlimmer aussah als das Haus) auch wirklich stabil war. Dann folgte ich den anderen nach oben.

Lebend oben angekommen, sah ich mich neugierig um. Das „Einzimmerhaus" war sauber, aber der Stall voller Enten und Hühner untendrunter sorgte für einen interessanten Geruch. Als Möbel gab es eine Hängematte, die an Nägeln in der Decke hing, und eine abgenutzte Kommode an der Wand. Darauf stand ein gerahmtes Bild einer gutaussehenden amerikanischen Frau mittleren Alters.

Wir hielten für eine Weile Small Talk mit der Frau, die Lela hieß, wie sich herausstellte, und lachten mit ihr über unsere Abenteuer auf der wunderschönen Insel Trinidad in den letzten paar Tagen. (Am eindrücklichsten war die Spinne im Schlafsaal der Mädchen, die mindestens so groß war wie ein VW-Käfer!)

Irgendwann brachten wir den Mut auf zu erzählen, dass wir auf einem Missionstrip waren, und fragten sie, ob sie Jesus kenne.

„Ja, ich kenne Jesus", antwortete sie mit leuchtenden Augen. „Betty hat mir von ihm erzählt." Sie drehte sich um und nahm den Bilderrahmen von der Kommode. Liebevoll sah sie ihn an und stellte uns Betty vor.

Betty war ein paar Jahre zuvor in Trinidad gewesen und hatte ihre Erfahrung als Krankenschwester in New York als freiwillige Helferin im örtlichen Krankenhaus eingebracht. Dort hatten sich die beiden kennengelernt, als Lelas Mann auf dem Nachhauseweg von einem Auto angefahren worden war.

Mit Tränen in den Augen erzählte uns Lela die Geschichte. „Die Ärzte haben alles versucht, aber sie konnten meinen Mann nicht retten. Dann tat Betty alles dafür, dass er sich wohlfühlte. Sie gab ihm Kissen und viele Medikamente. Dann setzte sie sich zu ihm und sprach mit ihm, erzählte ihm Witze und vom Leben in Amerika. Und weil ich noch bei der Arbeit war und nicht einmal wusste, dass er verletzt war, blieb sie bei ihm und hielt seine Hand, als er starb."

„Danach sind wir Freunde geworden", sagte Lela und ihre Miene erhellte sich. „Sie kam jeden Tag her, während sie in Trinidad war, um nach dem Rechten zu sehen. Jetzt schreiben wir einander Briefe und sie kommt mich jedes Jahr besuchen."

Sie stellte das Bild zurück und nahm einen Stapel Briefe aus der obersten Schublade. Sie zog ein abgegriffenes Stück Papier aus einem der Briefe hervor und drehte sich wieder zu uns um. „Und wisst ihr was?", fragte sie, und ihre Augen leuchteten. „In ihrem nächsten Brief schickt sie mir

> Jesus mussten Freudentränen gekommen sein, als er diese Art von Liebe sah.

Geld. Dann kann ich nach Amerika fliegen und sie in New York besuchen. Ich wollte schon immer nach Amerika!"

Ich musste lächeln. Ich fragte mich, wie Lela, die die feuchte Dschungelluft gewöhnt war, die durch die vielen Öffnungen in ihrem Haus hereinkam, mit der Betonwüste in New York zurechtkommen würde. Selbst in den größten Städten hat Trinidad nichts, das auch nur annähernd die Höhe eines New Yorker Wolkenkratzers erreichte.

Wir blieben bei Lela und unterhielten uns mit ihr, solange es ging, und plauderten über Trinidad und den

Glauben. Doch bald mussten wir weiter. Wir luden sie zu dem Theater- und Musikprogramm ein, das unsere Gruppe von 50 Teenagern für den Abend vorbereitet hatte, stiegen dann die Treppe hinunter und gingen zurück ins Dorf.

Unterwegs hörte ich zu, wie die anderen über unseren Tag redeten, und staunte darüber, was ein einzelner Mensch bewegen kann. Lela hätte vielleicht niemals Jesus kennengelernt, wenn Betty nicht gewesen wäre – nur eine einzelne Frau, die die Zeit und Energie investiert hatte, in ein anderes Land zu kommen und die blutige Hand eines Fremden zu halten, als er starb. Jesus mussten Freudentränen gekommen sein, als er diese Art von Liebe sah.

Genau da, mitten auf der staubigen Straße in Trinidad, umgeben von meinen Missionskollegen, betete ich ein einfaches Gebet. *Jesus, lege mir eine solche Liebe ins Herz, wie Betty sie hat. Wenn die Leute mich sehen, dann lass sie deine Liebe in mir sehen. In deinem Namen. Amen.*

Wer weiß, was Gott mit dem Herz eines Teenagers tun kann, das voll von Jesu Liebe ist? Ich weiß es nicht. Aber ich möchte es gerne herausfinden.

Josiah Keefer

NARBEN DES LEBENS

So kam er zur Tür herein: schwarzblaue Haare, Lid-schatten und aufgemalte Augenbrauen. Schwarze Hose, schwarze Stiefel, das volle Programm. Ich musste mir ein Grinsen verkneifen – *Mann, der sieht echt durchgeknallt aus!*, dachte ich.

Dann drehte er sich zu mir um.

Sein linker Arm war vom Handgelenk bis nach oben unter seinem T-Shirt von wütenden roten Schnitten übersät. Seine Augen betrach-teten hektisch mein Grinsen, was mir in diesem Moment verging. Er drehte sich wieder weg und sah genauso einsam aus wie zuvor. Die Worte auf seinem T-Shirt schrien mir ent-

> Ich weinte, weil es so viele Menschen gibt wie ihn. Und weil es so viel mehr Menschen gibt wie mich.

gegen, brannten sich in mein Hirn, obwohl ich sie nur für einen Moment gesehen hatte: „Tu mir einen Gefallen. Ignorier mich."

Ich weinte.

Ich weinte wegen meiner Heuchelei, weil ich über etwas gelacht hatte, ohne mir die Mühe gemacht zu haben, es zu verstehen. Ich weinte um ihn und über das, was ihn so wütend und hilflos gemacht hatte, dass er seine Haut mit einer Klinge bearbeiten musste.

Ich weinte, weil es so viele Menschen gibt wie ihn. Und weil es so viel mehr Menschen gibt wie mich.

Warum sind Menschen so grausam? Was ist so verlockend daran, andere niederzumachen, bis sie sich in sich selbst zurückziehen und ihrem Schmerz durch Gewalt Ausdruck verleihen? Jesus war so voller Mitgefühl – voller Liebe und Verständnis, bereit, jedem davon etwas zu geben, der ihm über den Weg lief.

Aber während Jesus sich diesem Typen zugewandt und die Narben auf seinem Arm berührt hätte, habe ich gelacht.

Ich bete, dass wir immer daran denken, wie wichtig Menschen sind. Wie wichtig es ist, dass wir den Schmerz des anderen sehen und Hilfe anbieten, wo es geht, statt zu urteilen. Jesus hatte Mitleid mit Prostituierten, Dieben, Kriminellen. Die Ungewaschenen, die Kranken – er berührte sie mit den wunderbar weichen Fingern der Liebe.

Wer gibt uns das Recht, wählerisch zu sein? Wer gibt uns das Recht, uns dahinter zu verstecken, was die anderen über uns denken könnten?

Lieber Mensch: Vergiss deine Ängste und liebe deine Mitmenschen. Ignoriere nicht den Schmerz in den Augen eines Menschen – wende dich ihm zu und berühre ihn. Teile den Schmerz. Wir sitzen alle im selben Boot, weißt du?

Und das geht an dich, den ich einfach ausgelacht habe – es tut mir leid. Vergib mir. Ich liebe dich. Falls ich dich jemals wiedersehe, werde ich dich nicht ignorieren, egal was auf deinem T-Shirt steht. Ich werde mit dir reden, dein Herz berühren und dir zeigen, dass du dich nie mehr einsam fühlen musst, wenn du nur den Blick hebst.

Gib niemals auf. Ich bete für dich. Und jeder, der diese Zeilen liest, tut es auch.

Auch Gott wird dich berühren, wenn du ihn lässt. Er hat keine Angst vor deinen Narben.

Kristen Willey

MISSIONARIN OHNE STOLZ

Oh Gott, ich ertrage es nicht,
Menschen unter schlimmen Bedingungen leben zu sehen.
Der Dreck, die Krankheiten, der üble Gestank,
sag mir, dass die nicht auch noch leben.
Herr, dein Segen ist so überreich,
aber hier sind Menschen, die nichts davon abbekommen.
Sie denken, dass Gott ihre Ängste nicht meistern kann,
dass er keine Lust hat, ihre Tränen zu trocknen.
Wie kann ich da einfach weitermachen,
wo ihre Gesichter unübersehbar sind?
Mein Kopf ignoriert die Kranken, die Sterbenden,
die Kinder, die weinend auf der Straße sitzen.
Ich darf deine Worte nicht für mich behalten,
aber mein Mund ist vom Stolz verschlossen.
Warum sollte ich vorbeigehen?
Bin ich zu gut, sie sterben zu lassen?
Du hast mich berufen, deinen Willen zu tun,
der Leere zu begegnen, die du sehr gerne
füllen möchtest.

In fremde Länder will ich gehen,
um die Samen auszustreuen,
für die du mich berufen hast.

Brenda Bittner
(verfasst mit 17 Jahren)

GLAUBE OHNE FEUER

Ich kann mich nicht erinnern, jemals nicht an Jesus geglaubt zu haben. Er war immer eine zentrale Figur in meinem eigenen Leben und dem meiner Familie und meiner Freunde. Doch ich hatte noch nie jemanden zum Glauben gebracht. Ich hatte nicht den Mut, von meinem Glauben zu erzählen, und mir fehlten außerdem einfach die Worte. Obwohl er ein Teil von mir ist, konnte ich das lange Zeit anderen nicht kommunizieren. Doch Gott hatte einen Plan für mich!

Eines Sommers beschloss ich, zusammen mit der Jugendgruppe meiner Gemeinde auf einen Missionseinsatz nach Mexiko zu fahren. Ich fühlte mich dazu nicht besonders berufen, aber es hatte mir im Jahr zuvor solchen Spaß gemacht, dass ich einfach noch mal mitfuhr. Im Frühjahr vor der Reise war mein Glaube leblos geworden. Ich hatte irgendwie die Begeisterung verloren und las die Bibel nur noch aus Gewohnheit.

Als ich hörte, dass zu dem Einsatz auch Evangelisation gehörte, wurde ich etwas nervös. Mutig über Jesus zu reden, war schon immer eine Herausforderung für mich gewesen. Umso glücklicher war ich über die unaufdringliche Evangelisationsmethode, die unser Missionsteam einsetzen wollte.

Wir alle lernten den Satz „Culto a las cinco", was so viel heißt wie „Gottesdienst um fünf". In kleinen Gruppen gingen wir durch die Stadt, luden Leute ein, verteilten Flyer und lächelten nonstop. Jede Gruppe wurde von einem Dolmetscher begleitet, um genauere Infos geben zu können.

> Mutig über Jesus zu reden, war schon immer eine Herausforderung für mich gewesen.

An einem der Häuser, bei denen wir klingelten, trat niemand aus der Gruppe zusammen mit Sherri, der Dolmetscherin, vor. Also tat ich es. Scheu begrüßte ich die Frau, die uns öffnete, sagte „Culto a las cinco" und lächelte dann einfach, während Sherri die Details verkündete.

Als Sherri geendet hatte, bat sie mich, der Frau die Gute Nachricht zu erzählen. Mein Hirn setzte aus und ich forderte Sherri panisch auf, ihre Bitte zu wiederholen. Sherri erklärte mir, dass die Frau auf die Frage, ob sie in den Himmel käme, wenn sie heute sterben würde, geantwortet hatte, dass man perfekt sein müsse, um in den Himmel zu kommen, und dass sie eine Sünderin sei.

Ich hatte keine Ahnung, wo ich überhaupt anfangen sollte – sehr traurig, wenn man bedenkt, dass ich die Tochter eines Pastors bin. Dann kam mir der Gedanke, dass ich versuchen könnte, ihr mit Farben zu erklären, welche Auswirkungen es hat, Gott in sein Leben einzuladen. Ich fing an mit dem Schwarz für Sünde. Mit unsicheren Worten und reichlich konfus erklärte ich ihr grob die Botschaft von Jesu Liebe. Ich gab mein Bestes. Am Ende sagte die Frau, die schon sehr alt war, keine Zähne mehr hatte und mir knapp bis zur Schulter reichte, sie wolle Jesus als Retter annehmen.

Ich war zutiefst bewegt. Als wir weitergingen, war mein Kopf völlig leer und ich zitterte. Für mindestens fünf Minuten konnte ich nicht zusammenhängend denken. Als das Denken dann wieder einsetzte, fing meine Seele an, Gott zu danken. Später schrieb ich in mein Tagebuch, dass ich diesen Moment so gerne für immer festhalten würde. Gott hat diese Bitte in meinem Leben mehr als erfüllt!

Ein besonderer Bibelvers bekam eine ganz neue Bedeutung für mich: „Aber er hat zu mir gesagt: ‚Meine Gnade ist alles, was du brauchst! Denn gerade wenn du schwach bist, wirkt meine Kraft ganz besonders an dir.‘ Darum will ich vor allem auf meine Schwachheit stolz sein. Dann nämlich erweist sich die Kraft Christi an mir" (2. Korinther 12,9; Hfa). Ich hatte keine Zweifel daran, dass Gott die eigentliche Arbeit getan hatte. Es war kein Stolz, sondern pure Freude darüber, dass er mir erlaubt hatte, an seinem Plan mitzuwirken.

Gott kann unseren popeligen, erbärmlichen Einsatz gebrauchen, um Menschenleben zu verändern. Und er segnet uns dabei ohne Ende. Dieser Tag gilt für mich seither als der freudigste Tag, den ich je erlebt habe.

Gott kann jeden von uns als Teil seines Plans gebrauchen; er braucht uns nicht, aber er sehnt sich danach, uns zu gebrauchen. Ich hoffe, dass auch du dich von Gott zu seiner Ehre gebrauchen lässt.

Ellen McCaskill

EIN „JA" ZU GOTT

Die Dunkelheit senkte sich über die gewaltigen Wolkenkratzer von Toronto. Ein Mann saß vor mir. Seine Fingernägel waren so schwarz wie Kohle, seine Zähne gelb, seine Haare fettig und grau. Aber diese Augen – diese Augen blitzten voller Hoffnung.

Mit zitternden Händen klammerte ich mich an meinen Papierbeutel. Ich war wie gelähmt. Das Butterbrot, die Saftpackung, der Apfel und die Chips, die ich vor über vier Stunden so sorgsam eingepackt hatte, warteten darauf, verzehrt zu werden.

Ich kniete mich vor den hageren, obdachlosen Mann und gab ihm meinen Schatz, versteckt in einer Papiertüte. Sein hungriger Magen knurrte vor Vergnügen. Seine Worte des Dankes berührten mich zutiefst, und ich bin bis heute erstaunt darüber, wie viel Kraft ein „Ja" zu Gott hat.

Später auf diesem Missionseinsatz halfen wir in einer Suppenküche. Das Sonnenlicht überflutete die Deckenfliesen, als obdachlose Männer und Frauen durch die

Türen strömten, sich ruhig hinsetzten und auf das Essen warteten.

Unser Team hatte in der Küche alle Hände voll zu tun, um letzte Dinge zu erledigen – noch ein bisschen Salz in die Suppe, dampfendes Brot aus dem Ofen holen und die Plätze an der Essensausgabe einnehmen. Einer nach dem anderen stellte sich in die Schlange. Alle warteten geduldig, bis sie dran waren, und bedankten sich, nachdem sie ihr Essen bekommen hatten.

Als fast alle fertig gegessen hatten, winkte mich ein Mann an seinen Tisch. Er hielt seine rote verkratzte Thermosflasche hoch und fragte: „Könnte ich mir vielleicht noch ein bisschen mitnehmen für später? Ich hab die ganze Woche noch nichts gegessen."

Sowohl von der Frage als auch von der Aussage überrascht, nahm ich zitternd seine Flasche und verschwand in der Küche. Während ich die Suppe in die Flasche füllte, raste mir die Frage durch den Kopf, wie es möglich sein konnte, dass jemand seit Tagen nichts gegessen hatte. Ich schraubte den Deckel fest auf die Flasche und eilte zu dem Mann zurück.

> Es hatte mich nichts gekostet, aber für ihn bedeutete es, eine Sorge weniger zu haben.

Sein Gesichtsausdruck sprach Bände und war für mich eindrücklicher als das „Danke!", das ihm über die

Lippen purzelte. Ich hatte ihm ein bisschen Suppe gegeben. Es hatte mich nichts gekostet, aber für ihn bedeutete es, eine Sorge weniger zu haben.

Fast ein Jahr später, im Herz der Appalachen in West Virginia, schloss ich mich wieder einem Missionsteam an; diesmal in einem Sommerschulprogramm für arme Kinder. Ein Mädchen erregte besonders meine Aufmerksamkeit.

Sie arbeitete fieberhaft beim Bastelwettbewerb mit und strapazierte ihre mit Warzen übersäten Finger, um vorsichtig farbige Federn, Pailletten und Kleber auf einen Pappteller aufzubringen. Später würden diese einfachen Pappteller wunderschöne Masken für die Kinder werden. Die Leiterin sah sich jede Maske genau an und achtete auf Details und Originalität.

Der Wettbewerb näherte sich seinem Ende und die Leiterin musste entscheiden, wer den Preis bekommen sollte. Das Mädchen wartete voller Hoffnung darauf, dass sie ein einziges Mal einen Preis gewinnen würde.

Sie gewann ihn nicht. Tränen liefen über ihr kleines, schmutziges Gesicht. Ich ging zu ihr hin, legte meinen Arm um ihre zerbrechlichen, zitternden Schultern und sagte ihr, dass ihre Maske sehr schön sei. Langsam hörten die Tränen und das Zittern auf. Nach einer Weile saß vor mir wieder ein glückliches, kleines Mädchen.

Auf den Missionseinsätzen habe ich so viel erlebt, was

ich nicht missen möchte. Ich kann diese besonderen Erlebnisse nur weiterempfehlen. Probier's aus: Missionseinsätze bieten dir Gelegenheit, die Welt zu erkunden, echte Freundschaften zu schließen und in verschiedenen Umfeldern zu dienen. Und was noch wichtiger ist: Sie geben dir die Möglichkeit, ganz konkret „Ja!" zu Gott zu sagen.

Es gibt endlos viele Möglichkeiten zu dienen. Tanze mit kleinen Kindern auf einem Spielplatz im ländlichen Amerika. Hilf dabei, das Haus einer älteren Dame anzustreichen, die auf keine Leitern mehr steigen kann. Serviere einem hungrigen, obdachlosen Menschen eine kräftige Mahlzeit.

Bei allem, was du tust, folge Jesu Beispiel der Liebe und erinnere dich an seine Worte: „Lasst eure guten Taten leuchten vor den Menschen, damit alle sie sehen können und euren Vater im Himmel dafür rühmen" (Matthäus 5,16; NL).

Cassandra Johnson

EINDRÜCKE

Das echteste Gefühl, das ich je hatte,
hatte ich da, als du Eindruck auf mich gemacht hast.
Ich weiß nicht, wo es herkam oder wie es
angefangen hat, aber ich garantiere dir,
es war ein Gefühl, das tief aus dem Herzen kam.
Es war ein unverkennbares Gefühl,
das niemals vergehen wird.
Es gibt Menschen, die kommen von oben
und sind erfüllt von
Gottes wärmender und fürsorglicher Liebe.
Es sind solche Menschen, die dich beschreiben,
in deiner Einzigartigkeit, Großzügigkeit und
mit all deinen Eigenschaften.
Du hast einen Eindruck bei mir hinterlassen,
an den ich mich immer erinnern werde.

Christopher Bratcher
(verfasst mit 18 Jahren)

UNTER BEOBACHTUNG

Es heißt oft, dass man im Alter weise wird, aber letzten Sommer habe ich gemerkt, dass manche Weisheit nur entdeckt werden kann, wenn man die Welt mit jüngeren Augen sieht.

Ferienlager. Meine Gruppe alberte herum und lag kichernd im kühlen Gras unter dem sternenklaren Nachthimmel, während ich versuchte, meine Andacht zu einem guten Ende zu bringen.

„Seht ihr die ganzen Sterne?", fragte ich die zwölf Mädels. „Überlegt euch mal, wie groß die sind … aber ihr seid Gott noch viel wichtiger als die Sterne." Wir rappelten uns vom Boden auf. Ich blieb zurück, während die Mädchen sich in der Dunkelheit auf den Weg zu der Blockhütte machten, die für die kommende Woche unser Zuhause sein würde.

Ich betrachtete den Nachthimmel und fragte mich, ob es überhaupt Sinn machte, dass ich hier war. Hatte es irgendeinen Effekt, im Sommercamp mitzuarbeiten?

Oder war es einfach Quatsch zu denken, dass ich hier irgendetwas ausrichten könnte? Konnten meine sechs- und siebenjährigen Schützlinge überhaupt schon verstehen, was ich ihnen mitgeben wollte?

Plötzlich wurden meine Gedanken unterbrochen, weil sich eine kleine Hand in meine schob. Ich blickte nach unten und sah Amys rehbraune Augen zu mir aufblicken.

„Jessica, ich möchte so sein wie du." Dann blickte sie verschämt zu Boden. „Eines Tages werde ich auch hier mitarbeiten und dann möchte ich genau so sein wie du." Ich lächelte und zusammen gingen wir zurück zur Blockhütte, aber ihre Worte gingen mir nicht aus dem Kopf.

Den ganzen Sommer lang dachte ich an Amy und ihre Worte. Zum ersten Mal in meinem Leben wurde mir klar, dass mich andere beobachteten und mir vielleicht nacheiferten.

„Jessica!" Eine weinerliche Stimme drang an mein Ohr. Ich unterdrückte ein Seufzen und zwang mich zu einem Lächeln für Debra, einen meiner etwas schwierigen Schützlinge. Debra war selten glücklich und sie duschte auch nur selten. Ich hatte es aufgegeben, sie dazu zu überreden, regelmäßig ihre Klamotten zu wechseln oder mal mit einer Bürste gegen das kastanienbraune Vogelnest auf ihrem Kopf anzukämpfen.

Sie riss an meinem T-Shirt und bettelte: „Gehst du mit mir paddeln? Biiiiiiiiiiiitteeeee!!!"

Ich überlegte kurz und betrachtete die schmutzigen Fingerchen, die nach mir griffen. Ich biss die Zähne zusammen – sie hatte schon die ganze Woche danach gefragt.

„Ja, klar!", sagte ich lächelnd, während sie mich in ein schmutziges Paddelboot zog, das nicht wirklich seetüchtig aussah.

Während Debra vor sich hin plapperte und mir erzählte, was sie alles gemacht hatte, was sie noch vorhatte und wie es bei ihr zu Hause war, betete ich, dass Gott mir Liebe geben würde – Liebe für ein Kind, das mir eher unangenehm war. In der einen Stunde, die ich mit Debra verbrachte, lernte ich, ihre Einzigartigkeit und ihren Wert zu schätzen.

Einige Wochen nach Ende des Ferienlagers bekam ich einen Brief von Debras Eltern, die mir sagten, wie sehr sich Debra seit dem Ferienlager verändert habe. Sie dankten mir dafür, dass ich Zeit mit ihr verbracht hatte.

Die Sonne brannte vom Himmel und wir waren schweißgebadet. Sechs Stunden lang waren wir gepaddelt, aber uns kam es eher vor wie ein paar Tage. Unsere Reihe von Kanus erstreckte sich still bis zum Horizont wie ein ruhiger Trupp Soldaten, der sich in die Schlacht aufmacht.

Mein Rücken tat weh. Meine Arme waren taub – sie paddelten inzwischen ohne jegliches Gefühl. Mücken umschwärmten uns, es war sinnlos, sie zu verscheuchen.

„Jessica! Hilfe! Wir hängen schon wieder fest!" Es war Sierra, deren Boot in ein paar herabhängenden Ästen verschwand. Es war das „schon wieder", das mich nervte. Wortlos sprang ich in den sumpfigen Fluss. In dem schlammigen Wasser, das mir bis zu den Hüften reichte, kämpfte ich mich vorwärts.

Ich unterdrückte einen Schrei, als eine Schlange an mir vorbeischwamm. *Das ist nur eine kleine Wassernatter*, sagte ich mir, aber mir kamen auch Blutegel und andere Viecher in den Sinn, die sich alle in dem Wasser tummelten.

> Zum ersten Mal in meinem Leben wurde mir klar, dass mich andere beobachteten und mir vielleicht nacheiferten.

Als ich bei dem Kanu ankam, schimpfte ich zum ungefähr zehnten Mal mit den Mädels. Es ist nicht *so* schwer, ein Kanu zu steuern, aber sie sorgten dafür, dass die Fahrt viel länger dauerte und vor allem viel anstrengender wurde als nötig.

„Mädels, ich weiß, dass ihr müde seid, aber das bin ich auch. Paddelt einfach immer mit J-Schlag. Habt ihr denn alles vergessen, was wir gelernt haben?", predigte ich, während ich das Boot wieder ins Fahrwasser zog. Dabei verlor ich das Gleichgewicht, fiel nach hinten und war schließlich komplett voller Matsch. „Ich wünschte, ich wäre nicht hier", grummelte ich.

„Jessica?", fragte eine Stimme hinter mir.

„Was denn, Sierra?", zischte ich genervt. Ich hätte mich ohrfeigen können. Regel Nr. 1 war, niemals etwas Negatives in Gegenwart der Teilnehmer zu sagen.

„Ich weiß, dass du sauer bist, weil wir immer wieder feststecken, aber es macht doch auch Spaß. Vielleicht solltest du aufhören, dir Sorgen zu machen und einfach die Fahrt genießen." Sierra hatte sanft, aber klug gesprochen.

Am Abend zuvor hatte ich über 1. Thessalonicher 5,16–18 gesprochen: „Freut euch zu jeder Zeit! Hört niemals auf zu beten. Dankt Gott für alles. Denn das erwartet Gott von euch, weil ihr zu Jesus Christus gehört" (Hfa). Meine Schützlinge hatten gut zugehört und jetzt kamen sie darauf zurück.

Seitdem ist über ein Jahr vergangen, aber ich wiederhole Sierras Worte noch oft: „Genieß einfach die Fahrt!"

Jessica Keller

SEGENSSTRÖME

Ich liebe es, lange und heiß zu baden. Ich habe eine riesige Kollektion an Badeperlen und duftenden Seifen, denn in wohlriechendes, schaumiges Wasser einzutauchen, ist eine meiner Lieblingsbeschäftigungen. Um ehrlich zu sein: Ich habe sehr viel mehr Badezusatz als ein Mensch jemals verbrauchen kann.

Vor zwei Jahren war ich auf einem Missionseinsatz in Venezuela. Dort war meine Badezeit beschränkt auf dreiminütiges, lauwarmes Duschen. Wenn man den ganzen Tag in der heißen Sonne gearbeitet hat und bedeckt ist von etwas, das hoffentlich nur stinkender Schlamm ist, reichen drei Minuten in einer lauwarmen Dusche niemals aus, um sich sauber zu fühlen.

Eines Morgens regnete es. Ich schaute aus dem Fenster und rechnete damit, nur Regen zu entdecken, der auf große, tropische Blätter fällt und trübe Pfützen im kupferfarbenen Schlamm bildet. Doch was ich dann sah, werde ich nie vergessen und hat meine Einstellung zur Körperhygiene nachhaltig geprägt.

Vor einem der vielen kleinen Häuser aus Betonblöcken und Metallplatten sah ich zwei kleine Mädchen. Sie sammelten Wasser in Eimern, während das größere Mädchen dem kleineren die Haare wusch. Weil ich immer genug warmes Wasser zur Verfügung hatte, war mir bis zu dem Zeitpunkt nie klar gewesen, was für ein Segen ein langes, heißes Bad ist.

Später in dieser Woche führte mich Gott dazu, den Kindern in diesem Viertel zu helfen. Zusammen mit unserem Jugendpastor teilte ich Zahnbürsten aus und wusch und schnitt ihre Haare. Mehr als zwanzig Kinder kamen.

> Sie waren zufrieden mit dem bisschen, was sie hatten.

Manche von ihnen hatten Schorf auf dem Kopf vom Läusebefall. Wir hatten nur gespendetes Shampoo und kaltes Wasser aus Eimern, mit dem wir ihre Haare waschen konnten, und ich weiß, dass ich manchen Kindern aus Versehen in die Augen tropfte, aber sie waren zufrieden mit dem bisschen, das wir mitgebracht hatten, um ihnen zu helfen.

Manchmal gucke ich mir mein Sammelsurium an Badezusätzen an und denke an diese Kinder, die so glücklich darüber waren, dass ich ihnen die Haare wusch. Ich bin dankbar, dass Gott mich gesegnet hat und ich so lange in meiner Badewanne bleiben kann, wie ich möchte, und so viel Seife nehmen kann, wie ich brauche.

Ich hoffe, dass ich so glücklich sein kann wie diese Kinder es waren. Ich hoffe, dass ich Gott gefalle, indem ich zufrieden bin, egal, wie viel ich habe.

Sarah M. Will

EIN ORT ZUM AUSRUHEN

*Ich bin hier! Wo auch immer hier ist. Jedenfalls nicht da,
wo ich am Anfang war. Es tut gut zurückzublicken und zu
sehen, wie weit ich schon gekommen bin. Ich dachte, das
hier sei schon das Ziel. Aber jetzt sieht es so aus, als würde
es noch weitergehen. Wenn ich vorher gewusst hätte, wie
lange diese Reise dauert, hätte ich sie vielleicht gar nicht
erst angetreten. Aber jetzt möchte ich weitermachen.
Ich muss weitermachen. Ich mache jetzt ein bisschen Pause
und bereite mich auf die nächste Etappe vor.*

GOTTES PLAN FÜR MEIN LEBEN

Dieses Gespräch hatte mich in eine furchtbare Realität zurückkatapultiert. Ich saß in meinem Zimmer im Wohnheim, starrte das Telefon an und ließ mir die Worte meiner Mutter noch einmal durch den Kopf gehen. Ich fühlte mich, als hätte mir jemand den Boden unter den Füßen weggezogen. Das Ganze erschien mir komplett surreal. Ich rechnete damit, jeden Moment aufzuwachen und festzustellen, dass alles nur ein böser Traum war. Aber es war tatsächlich wahr.

Jemand aus meiner Familie – ein Mensch, den ich sehr bewunderte – hatte etwas Schreckliches getan. Die Worte meiner Mutter hallten immer noch in meinem Kopf nach, während ich versuchte zu verstehen, was da passiert war. Ich konnte es einfach nicht glauben.

Ich hatte schon lange zu diesem Familienmitglied aufgeschaut – ein Mensch, von dem ich dachte, er habe den Durchblick und alles unter Kontrolle. Doch dieser Mensch brach jetzt zusammen, und ich stellte den Glauben infrage, den ich mit dieser Person gemeinsam hatte.

Mein persönlicher Glaube an Jesus war mein ganzes Leben lang ein einfacher Weg für mich gewesen, ohne die harten Zeiten, die so viele durchmachen. Ich bin in einer christlichen Familie aufgewachsen, und das hat mir sehr geholfen. Meine Eltern waren ihrem Glauben so hingegeben, dass ich mich manchmal fragte, ob ich vielleicht in der Krabbelgruppe der Gemeinde geboren worden war ...

Schon als kleiner Junge wollte ich wissen, wie ich ein Leben mit Jesus führen kann. Meine Eltern wollten sichergehen, dass ich wirklich verstand, was es bedeutete, Jesus als Herrn anzunehmen, bevor ich diese Entscheidung traf. Aber im Alter von sieben Jahren besuchte ich einen Kindergottesdienst in unserer Gemeinde, wo ein Bauchredner mit einer Puppe namens Eugen für uns auftrat.

Der Bauchredner fragte Eugen: „Möchtest du Jesus in deinem Herzen haben?"

„Ja, das möchte ich", antwortete Eugen.

Sofort dachte ich: „Ja, das will ich auch!"

Als der Bauchredner die Einladung dazu aussprach, ging ich zusammen mit ein paar älteren Kindern nach vorne. An dem Punkt begann meine Reise. Genau da – mit mir und Eugen.

Meine Begeisterung verwandelte sich in Nervosität, als meine Eltern mich an diesem Abend abholten.

Würden sie sauer sein, weil ich nach vorne gegangen war und mich für Jesus entschieden hatte? Würden sie darauf bestehen, dass ich dafür eigentlich noch zu klein war? Würde mein neuer Freund Eugen jetzt Ärger bekommen? Würde er je wieder sein pinkfarbenes Gesichtchen in der Gemeinde zeigen dürfen?

In Gedanken übte ich, was ich sagen würde. Der Schweiß trat mir auf die Stirn. Vielleicht würde ich meinen Eltern gar nichts davon erzählen. Ich ließ mir diese Idee durch den Kopf gehen. Es schien mir

> Vielleicht war der Glaube nicht so, wie ich immer gedacht hatte.

der sicherste Weg zu sein, aber ich wusste, dass er nicht der richtige war.

Ich holte also tief Luft und platzte heraus: „Ich habe Jesus als Herrn und Heiland angenommen. Eugen hat uns von Gott erzählt, und ich wusste einfach, dass ich ihn auch in meinem Leben brauche. Bitte seid nicht sauer auf Eugen. Es ist wirklich nicht seine Schuld. Ich wollte einfach Jesus in mein Leben lassen." Die Worte sprudelten nur so aus mir hervor.

Meine Eltern wussten weder, dass Eugen eine Puppe war, noch wovor ich solche Angst hatte. Sie waren sehr glücklich über meine Entscheidung.

Meine Teenagerzeit war schön. Ich hatte einen tollen Jugendpastor. Musik spielte eine große Rolle dabei, unseren Glauben zum Ausdruck zu bringen, und sie war auch der Grund dafür, dass ich Woche für Woche wiederkam. Nichts hatte mich je von meinem Glauben abgebracht.

Bis jetzt.

Ich saß in meinem kleinen Wohnheimzimmer und kriegte nicht aus dem Kopf, was meine Mutter mir gerade mitgeteilt hatte. Wenn selbst dieser glaubensstarke Mensch fallen konnte, dann war der Glaube vielleicht gar nicht so, wie ich immer gedacht hatte.

In den darauffolgenden Wochen stellte Gott mir Menschen zur Seite, die mir in dieser schwierigen Phase halfen. Sie rangen mit mir zusammen um Antworten und machten mir Mut, den Gott nicht zu verlassen, den ich doch so sehr liebte.

Ich merkte, dass mein Glaube in diesem Prozess wuchs. Er war nach dieser Erfahrung realer – er funktionierte besser als meine bisherige Ansammlung von Glaubensgrundsätzen. Ich merkte, dass aus dieser Krise und meinen tiefen Glaubenszweifeln etwas Schöneres entstand, als ich es mir je hätte vorstellen können.

> Ich hätte nie gedacht, dass Gott mein Leben so segnen würde.

Wenn ich heute zurückblicke, hätte ich damals nie gedacht, dass Gott mein Leben so segnen würde, wie er es letztlich getan hat. Ich hatte damit gerechnet, nach dem

Studium in der Versicherungsagentur meines Vaters zu arbeiten. Ich hätte nicht gedacht, dass ich mit Musik Geld verdienen könnte, schon gar nicht mit Worship-Musik.

Als ein paar Freunde eine Gemeinde für Studenten gründeten, fand ich mich plötzlich in der Position des Anbetungsleiters wieder. Am Anfang hatte ich absolut keine Ahnung. Der Pastor, der die Gemeinde gegründet hatte, half mir oft dabei, die Anbetungszeit zu leiten, denn ich fühlte mich unwohl und hatte Angst. Es war wirklich eine schrittweise Entwicklung über mehrere Jahre, bis ich der Typ in der ersten Reihe war.

In der Zeit zwischen den Anfängen meines Glaubenslebens mit der Puppe Eugen bis heute, wo ich als Anbetungsleiter durch das ganze Land reise, habe ich gelernt, dass manchmal Dinge passieren, die keinen Sinn ergeben. Das Leben ist voll von Dingen, die ich nicht verstehe und lieber nicht erleben würde. Dennoch können wir Gottes Gegenwart finden. Das ist das Fantastische – er rettet uns mitten im größten Schlamassel, so wie er mich gerettet hat, als mein Glaube ins Trudeln geriet. Er ist immer da, er rettet uns, er liebt uns und streckt sich liebevoll nach uns aus.

David Crowder

David Crowder gründete 1996 die „David Crowder Band", die für ihre rockigen Worship-Songs bekannt wurden. Seit der Bandauflösung 2012 ist David Crowder solo unterwegs und setzt wieder vermehrt auf Country- und Folk-Musik. Immer wieder gibt er auch Konzerte in Deutschland, 2016 war er zum Beispiel beim Himmelfahrtsfestival zu Gast.
www.crowdermusic.com

Kuriose Randnotiz

David hat ein Haus mit einer Scheune gekauft, das dem verstorbenen Wade Morrison, Erfinder der Dr. Pepper-Limonade, gehörte. In der Scheune hat David sein Musikstudio eingerichtet.

NOCH EINE CHANCE,
NOCH EIN BLICK

Ich kann nicht so tun, als sei alles okay

Wenn meine Seele sich so einsam fühlt

Sich sehnt nach etwas, das sich so nah anfühlt

Und das ich doch nicht erreichen kann

Ich werde nicht so tun, als hätte ich alle Antworten

Wenn mir die Sicht darauf versperrt ist

Ich werde nicht so tun, als würde ich die Wahrheit kennen

Wenn ich mich von Dir distanziert habe

Wenn ich durch diese kristallklare Scheibe sehe

Und nur Grautöne entdecke

Wird mir klar, dass ich ohne Deine Augen nichts sehen kann

Ohne Deine Berührung nichts fühlen kann

Ohne Dich nicht leben kann

Ohne Deine Nähe nicht weitermachen kann

Jetzt sehe ich mit anderen Augen

Aus einer Perspektive, die mir hilft, Dinge zu sehen:

Den Sieg hinter den Lügen

Die Geburt hinter denen, die sterben

Die Hoffnung, die gerade nicht in Sicht ist
Eine Chance zu leben, eine Chance zu kämpfen
Und für ein paar Augenblicke bin ich ratlos
Ich werde immer an die Nägel denken
Und immer an das Kreuz.

Charity Snavely
(verfasst mit 16 Jahren)

DAS GENIALSTE GESCHENK

Manchmal wünschte ich, meine Eltern hätten mir nie erzählt, dass ich adoptiert bin. Ich weiß, dass sie es gut gemeint haben. Wenn sie es mir nicht gesagt hätten und ich es trotzdem herausgefunden hätte, wie könnte ich ihnen dann noch vertrauen? Trotzdem – es zu wissen, macht es schwierig.

Es war komisch, irgendwo da draußen Eltern zu haben, die ich nicht kannte. Mama und Papa erzählten mir alles, was sie über meine Adoption wussten. Meine leibliche Mutter und mein leiblicher Vater heirateten, als sie merkten, dass ich unterwegs war. Doch in ihrer Ehe lief es nicht gut, also ließen sie sich scheiden und gaben mich zur Adoption frei.

Mama und Papa sagten, meine leiblichen Eltern hätten das für mich Beste getan. Sie sagten, es sei ein Akt der Liebe gewesen, mich aufzugeben, damit ich in einem glücklichen Zuhause aufwachsen konnte. *Klar! Wenn diese Leute mich wirklich geliebt hätten, hätten sie sich bemüht, mich zu behalten,* dachte ich. Manchmal hasste ich meine leiblichen Eltern dafür, dass sie mein Leben so kompliziert gemacht hatten.

Nicht, dass ich ein schlechtes Leben gehabt hätte. Meine Eltern und mein Bruder waren toll. Sie liebten mich sehr. Für sie war ich wirklich ihre Tochter und Schwester. Ich hatte Cousinen und Tanten und Onkel und Großeltern, die in mir ein echtes Familienmitglied sahen. Ich ging auf eine gute Schule und hatte viele Freunde, von denen viele auch Adoptivkinder waren. Was war also nicht in Ordnung?

Ich wusste nicht, was mein Problem war. Aber es gab Zeiten, in denen war ich so wütend darüber, adoptiert zu sein, dass ich schier ausflippte. An Weihnachten war es am schlimmsten. Meine Mutter liebte Weihnachten. Sie sagte, es sei der wichtigste Tag im ganzen Jahr, weil Gott uns da vor Tausenden von Jahren ein so besonderes Geschenk gemacht hat. Sie liebte es, alles weihnachtlich zu schmücken und für uns alle Geschenke zu kaufen. Sie erinnerte mich auch daran, dass sie mich damals kurz vor Weihnachten adoptiert hatten und dass ich das genialste Weihnachtsgeschenk war, das sie und Papa jemals bekommen hatten.

Mann, hat mich das immer wütend gemacht! Ich fragte mich, ob ich mit einem roten Schleifchen verziert bei ihnen angekommen war. Also schmollte ich. Ich schätze, ich war es, die Weihnachten ziemlich kompliziert für meine Familie machte. Es war keine Absicht, aber man muss sich das mal vorstellen – man wird wildfremden Leuten überreicht, mit rotem Schleifenband umwickelt. Das war kein schönes Bild.

Meine Geburtstage waren nicht viel besser. Ich konnte nicht aufhören, an die Leute zu denken, die mich im Stich gelassen hatten. *Hatten sie mich je im Arm gehalten? War ich ihnen wichtig? Fragten sie sich, wo ich war? Wie hatten sie mich nur weggeben können?* Irgendwie hielt mich auch all die Liebe, die meine Eltern mir schenkten, nie davon ab, mir an meinem Geburtstag all diese Fragen zu stellen.

Meine Eltern fanden, es sei wichtig, dass ich von der Adoption wusste, und sie erinnerten mich oft daran. Ihnen war nicht klar, dass das für mich jedes Mal wie ein Schlag ins Gesicht war. Ich war sieben oder acht, als ich ihnen schließlich sagte: „Ich möchte nie wieder hören, dass ich adoptiert bin!" Sie hielten sich daran, aber ich glaube, sie konnten nicht verstehen, warum mir das so wichtig war. Es war mir egal – ich wollte es einfach nicht mehr hören.

Erst mit ungefähr 13 wurde ich wieder neugierig. Mein Vater ging mit mir zu der Adoptionsagentur, um noch mehr Informationen zu bekommen. Es war nicht viel, aber ich fand heraus, dass meine leibliche Mutter Tanz studiert hatte und mein Vater Musiker war. „Daher hast du die langen, schlanken Beine und dein musikalisches Talent", sagte meine Mutter. „Das hast du ganz sicher nicht von Papa oder mir", fügte sie lachend hinzu.

Diese Information half mir nicht wirklich weiter. Manchmal machte sie mich sogar nur noch wütender. Meine Eltern liebten Musik und ich durfte Unterricht nehmen, aber sie konnten weder singen noch tanzen. Mein Gedanke war: Wenn ich in einer Familie leben würde, in der alle singen und tanzen, dann würde ich bestimmt eine geniale Musikerin werden.

Ich versuchte zu vergessen, dass ich ein Adoptivkind war, und manchmal klappte das auch. In meiner Schulzeit und während des Studiums sang ich in einer Band, und ich glaube, ich dachte dabei nie daran, dass ich diese Fähigkeit vielleicht von meinen leiblichen Eltern geerbt haben könnte. Ich wusste nur, dass es mir Spaß machte und ich sehr gern sang.

Als ich mit dem Studium fertig war, dachte ich immer noch an meine leiblichen Eltern. Ich brauchte keine zweite Mama und keinen zweiten Papa – ich hatte schon Eltern, die mich liebten. Ich wollte meine leiblichen Eltern nur finden, damit sie mir ein paar Fragen beantworteten.

Meine Adoptiveltern hatten dafür vollstes Verständnis. Sie hatten nicht gewollt, dass ich das früher machte, um mir eine schmerzhafte Erfahrung zu ersparen. Sie hatten mir immer erzählt, dass meine leiblichen Eltern mich liebten, aber einfach nicht für mich sorgen konnten. Aber was, wenn sich ihre Meinung über die Jahre geändert hatte und sie mich nicht sehen wollten? Jetzt, da ich älter war und diese Möglichkeit verstehen konnte, machten sie mir Mut, nach meinen leiblichen Eltern zu suchen.

Ich schrieb an die Adoptionsagentur und bat um die Freigabe meiner Daten. Es dauerte nur ein paar Wochen, aber diese Wochen waren schrecklich. *Was, wenn meine Eltern nicht auffindbar sind? Was, wenn ich sie finde, sie mich*

> Ich brauchte keine zweite Mama und keinen zweiten Papa.

aber nicht sehen wollen? Was, wenn das ganz schreckliche Leute sind? Kann ich ihnen jemals vergeben? Tausend Fragen schossen mir durch den Kopf.

Die Agentur teilte mir mit, dass meine leibliche Mutter ihnen an meinem 21. Geburtstag geschrieben hatte, um ihre Adresse mitzuteilen und zu sagen, dass sie mich gerne finden würde. Und sie wollte mich nicht nur sehen, sondern sie wusste auch noch, wann mein Geburtstag war!

Mit zitternden Fingern wählte ich die Nummer, die ich von der Agentur bekommen hatte. Nervos bat ich darum, mit Cindy sprechen zu können, und war überrascht, am anderen Ende meine eigene Stimme zu hören.

Wie konnte es sein, dass unsere Stimmen solche Ähnlichkeit hatten? *Sie weint sogar wie ich,* dachte ich, als wir das erste von vielen Telefongesprächen begannen.

Wir trafen uns am darauffolgenden Wochenende und es war für mich, als hätte ich mich selbst zum ersten Mal gefunden. Mir wurde klar, dass meine Adoptiveltern recht gehabt hatten – Cindy liebte mich wirklich. Sie hatte sich immer gefragt, wie es mir ging, und sich den Kopf darüber zerbrochen, ob sie damals die richtige Entscheidung getroffen hatte.

Uns wurde bewusst, dass wir beide mit der Entscheidung, die bei meiner Geburt getroffen worden war, zu kämpfen gehabt hatten. Doch wir beide wussten auch, dass es die richtige Entscheidung gewesen war. Sie hatte Zeit gehabt, erst erwachsen zu werden, bevor sie eine Familie gründete, und ich war von einer liebevollen Familie adoptiert worden, die mir dabei geholfen hatte, eine selbstsichere, junge Frau zu werden. Unsere Leben sind getrennt, aber wir werden immer Freunde sein, und es hilft mir zu wissen, dass ich von Anfang an wirklich geliebt wurde.

„Was bleibt, sind Glaube, Hoffnung und Liebe. Die Liebe aber ist das Größte" (1. Korinther 13,13; Hfa).

Norah Hall

ASHLEY

Es gab Tage, an denen ich einzig und allein daran dachte, was ich sagen würde, wenn ich sie das nächste Mal sah. Ich konnte es nicht abwarten, ihr einen Witz zu erzählen, den ich gehört hatte, oder ihr das Neueste über unsere Lieblingsseifenoper mitzuteilen. Wir waren immer gerne zusammen. Ich schätze, ich werde es nie so richtig verkraften. Wie kann man darüber hinwegkommen, die beste Freundin zu verlieren, die man je hatte?

An einen Tag kann ich mich besonders gut erinnern. Ashley und ich hatten uns gerade an einer Straßenecke getroffen. Wir wollten zur Jugendgruppe in einer Gemeinde in der Nähe laufen. Ashley war noch nie da gewesen, hatte sich aber sehr über die Einladung gefreut. Ich konnte ihre Begeisterung damals nicht so ganz nachvollziehen. Es war doch bloß eine Jugendgruppe. Eigentlich nichts Besonderes.

Als bei Ashley dann später Krebs diagnostiziert wurde, war ich sicher, dass mein Leben zusammen mit ihrem vorbei sein würde. Unsere Shoppingtrips ins

Einkaufszentrum und die Fahrradausflüge in den Park wurden abgelöst von endlosen Arztbesuchen. Unsere gemeinsamen Schultage waren vorbei, als ihre Mutter beschloss, dass es das Beste für sie sei, wenn Ashley zu Hause bliebe. Wir gingen nicht mehr zusammen essen, weil sie einfach nicht mehr genug Kraft hatte, sich ausgehfertig zu machen – geschweige denn, zu unserem Lieblingsitaliener zu laufen. Doch jeden Sonntag stand sie auf, zog sich an und wir gingen zusammen zur Jugendgruppe.

Im März des nächsten Jahres starb sie. Die Beerdigung fand an einem dunklen, regnerischen Tag statt. Das Wetter passte zu meiner Stimmung. Die gesamte Zeremonie hindurch starrte ich auf eine Rose in dem Gesteck auf ihrem Sarg. Genau wie unsere Freundschaft war diese Rose an diesem Tag verwelkt und gestorben. Als es Zeit war zu gehen, fühlte ich mich verpflichtet, die Rose mitzunehmen. Ich nahm sie vom Sarg und steckte sie in meine Jackentasche.

> Wie konnte Gott so etwas zulassen? Liebte er uns denn überhaupt nicht?

Ich war an diesem Tag wahnsinnig wütend auf Gott, und das ging viele Tage lang so weiter. Wie hatte er sie sterben lassen können? Liebte er uns denn überhaupt nicht? Ich ging nicht mehr zur Jugendgruppe. Ich brachte es nicht über mich, die drei Straßen zu

Ashleys Haus zu laufen, das leider genau auf meinem Weg zur Kirche lag. Ich fühlte mich von Gott verraten und fand nicht, dass er meine Vergebung verdient hatte.

Eines Tages jedoch holte ich meine Jacke aus dem Schrank und wollte zur Schule gehen. Die Rose von Ashleys Beerdigung fiel dabei auf den Fußboden. Als ich mir die Rose so ansah, wurde mir klar, dass Gott mir Ashley nicht zur Strafe weggenommen hatte oder um hart und gemein zu sein. Ich versuchte nicht, seinen Willen zu verstehen. Ich kapierte nur, dass er mich mit vielen Jahren der Freundschaft zu Ashley gesegnet hatte und dass sie für mich einen Platz direkt neben ihr oben im Himmel frei hielt.

Einige Jahre später saß ich auf meinem Bett und telefonierte mit dem Jugendleiter der Gemeinde, in die ich seit einiger Zeit wieder ging. Er hatte mich gebeten, bei einem Jugendtreffen ein paar einleitende Worte zu sagen. Ich sagte zu, hatte aber keine Ahnung,

> **Wieder und wieder betete ich dafür, dass Gott mir die richtigen Worte gab.**

was ich sagen sollte. Was würde die Jugendlichen inspirieren? Aber ich wusste, dass Gott mir zeigen würde, was sein Wille war.

Der Sonntag, an dem ich sprechen sollte, kam und ich hatte immer noch nichts vorbereitet. Den ganzen Weg dorthin dachte ich darüber nach, aber mir fiel nichts ein.

Wieder und wieder betete ich, dass Gott mir die richtigen Worte gab.

Als ich in der Gemeinde ankam, war ich drauf und dran, dem Jugendleiter zu sagen, dass ich heute Abend leider nicht die Begrüßung übernehmen könnte. Doch als ich den Raum betrat, war es, als wüsste ich plötzlich, was ich sagen sollte.

Die Mitglieder der Jugendgruppe kamen pünktlich und setzten sich hin. Ich räusperte mich und öffnete Gott mein Herz, bereit, seine Nachricht zu übermitteln. Eine Stille fiel auf den Raum, als ich zu sprechen begann: „Es gab Tage, an denen ich einzig und allein daran dachte, was ich sagen würde, wenn ich sie das nächste Mal sah …"

Rachel Coffey

WENN DER HAHN KRÄHT

Kennst du dieses ungute Gefühl in der Magengegend? Du weißt, was ich meine: dieses stechende, übelkeitserregende Gefühl, das sich einstellt, wenn dir klar wird, dass du kläglich versagt hast. Der Moment, wenn deine Sünde offenbar wird und die Schuldgefühle dich fast aus den Schuhen hauen. Wenn das Gefühl ein Geräusch machen könnte, würde es vielleicht wie ein krähender Hahn klingen. Zumindest war das bei Petrus so.

Jesus wusste, dass Petrus ihn verleugnen würde. In Matthäus 26,33 ist Petrus schnell dabei zu behaupten, dass es ihm niemals peinlich sein würde, als Nachfolger von Jesus bekannt zu sein. Er hatte erkannt, dass andere dieser Versuchung zum Opfer gefallen waren, aber er war sicher, dass ihm das nicht passieren könnte. Seine eigene Schwäche nicht zu sehen, war Petrus' erster Fehler.

Ich machte den gleichen Fehler. Ich sah, wie andere Probleme mit einer bestimmten Sache hatten, von der ich niemals dachte, dass sie für mich ein Problem werden würde. Jesus wusste, dass ich ihn verleugnen würde. Und ich erinnere mich noch gut an die Nacht, in der der Hahn krähte.

Mein allerletztes Schuljahr war stressig. Meinen Nebenjob, meine Hausaufgaben und meine Pflichten zu Hause unter einen Hut zu kriegen, wurde noch schwieriger, als ich beschloss, im Frühjahr bei der Theater-AG an unserer Schule mitzumachen.

Schließlich war es mein letztes Jahr und somit auch die letzte Chance, ein paar der Sachen zu machen, die ich schon immer machen wollte. Die Uni war quasi schon in Sichtweite. Also rannte ich von einem Termin zum nächsten und versuchte, das Beste aus meinen Tagen an der Schule herauszuholen.

Das Leben hatte sich in meinen vier Jahren auf der Schule dramatisch verändert. Einst war ich von einer großen Gruppe von treuen Freunden umgeben gewesen, die mich unterstützten und von meinen Eltern und dem Leben zu Hause ablenkten. Doch als ich dann mehr und mehr daran interessiert war, was Gott von mir dachte, machten meine Freunde mir deutlich, was sie von mir dachten.

Ich fand es schwer für Jesus einzustehen, ohne mich von meinen Freunden komplett zu entfremden. Doch langsam aber sicher beschlossen meine besten Freunde, dass wir nur noch wenig gemeinsam hatten und wollten darum nicht mehr viel mit mir zu tun haben. Ich war plötzlich öfter allein als je zuvor und sehnte mich danach, wieder Teil der Clique zu sein.

Mitten in dieser Einsamkeit traf ich Jeremy.

Jeremy und ich lernten uns in dem Restaurant kennen, wo wir beide jobbten. Schnell verbrachten wir viel Zeit zusammen, sowohl bei der Arbeit als auch in unserer Freizeit. Er war ein lustiger Typ, aber ich wusste von Anfang an, dass ich die Beziehung nicht hätte fortsetzen sollen.

Jeremy war fast vier Jahre älter als ich, mit der Schule deshalb schon lange fertig und hatte ein paar schlechte Angewohnheiten. Ich redete mir ein, dass das egal sei, solange er diese Dinge nicht in meiner Gegenwart machte. Also tat ich so, als wüsste ich nichts von den Drogen und dem Alkohol. Dass er am Sonntagmorgen in der Gemeinde neben mir saß, half mir dabei, alles in meinem Kopf zu rechtfertigen. Aber es gab keine Rechtfertigung für das, was bald passieren sollte.

So sehr ich auch wünschte, ich könnte ihn vergessen: Ich kann mich noch sehr gut an diesen einen Abend erinnern. Wir hatten den Tag zusammen verbracht und waren dann bei Jeremy zu Hause gelandet, wie es meistens der Fall war. Sein Schlafzimmer war der letzte Ort, an dem ich vorgehabt hatte zu sein, aber es war unser erstes Ziel. Bevor mir klar wurde, was passierte, war ich schon von der Hitze des Augenblicks überwältigt. Mir war plötzlich nicht mehr wichtig, dass ich mich entschieden hatte zu warten. Ich warf alles weg, für dessen Schutz ich jahrelang gekämpft hatte.

Voller Scham verließ ich sein Schlafzimmer, begleitet von einem stechenden Schmerz in meiner Magengegend. Von diesem Gefühl überwältigt, ging ich auf die Knie und fing an zu weinen. Der Hahn krähte, und das Geräusch war laut und schrill.

Der Hahnenschrei war ein Ruf zur Reue – ein Ruf, den wir im Leben immer wieder hören werden. Zum Glück ist Gottes Barmherzigkeit grenzenlos. Wir können diesem Ruf immer wieder folgen und von Gott Vergebung geschenkt bekommen.

Stell dir vor, du bist in einem Zimmer und Gott steht nur wenige Zentimeter hinter dir. In seiner Hand hält er alle Pläne, die er für dich hat. Was möchte er dir so gerne geben? Er hält geniale Versprechen und ein Leben voller Abenteuer und Freude für dich bereit. Er hält die Antworten auf die Fragen tief in deinem Herzen in seiner Hand. Wie kannst du sehen, was Gott für dich bereithält, wenn du nicht in seine Richtung gehst?

Reue bedeutet sich umzudrehen und in die andere Richtung zu gehen. Sie führt dazu, dass du dich wieder Gott zuwendest und feststellst, dass seine Gnade nur eine der vielen Sachen ist, die er dir gerne gibt.

Ich finde es toll, dass Gott Petrus auf so gute Weise gebraucht hat – auch nach dem Vorfall, den Petrus vielleicht als sein größtes Versagen gesehen hat. Der gleiche Mann, der „Ich kenne diesen Mann nicht!" (Matthäus 26,72) gesagt hat, hat sich später hingestellt und Jesus als Herrn und Erlöser ausgerufen.

In Johannes 21 lesen wir das Happy End von Petrus' Geschichte. Noch einmal bekam er die Gelegenheit, Jesus in die Augen zu sehen und die Frage zu beantworten: „Hast du mich wirklich lieb?" Jesus fragte ihn dreimal, und Petrus antwortete jedes Mal mit: „Ja, Herr – du weißt, dass ich dich lieb habe."

> Wir dürfen immer wieder umkehren und uns Vergebung schenken lassen.

„Dann weide meine Schafe", sagte Jesus. Und mit diesen Worten war vergessen, dass Petrus Jesus verleugnet hatte, und er war als Nachfolger Christi wiederhergestellt. Sein Leben für seinen Herrn glich seinen größten Fehler aus, wahrscheinlich mehr als dreimal.

Ich freue mich sehr darüber, ein Beispiel aus der heutigen Zeit dafür zu sein, wie Gott Sünder dafür gebraucht, sein Pläne zu verwirklichen. Wenn ich darüber spreche oder schreibe, was Gott in meinem Leben getan hat, wie er mir geholfen hat, mein Versagen zu verarbeiten, erinnert mich das oft daran, dass seine Gnade mich runderneuert hat.

Wenn du das nächste Mal wieder dieses Gefühl in der Magengegend hast, denk daran, dass es in Jesus das wahre Leben gibt – gleich, nachdem der Hahn gekräht hat!

Jennifer Dunning

DAS LETZTE THANKSGIVING

Siebzehn Jahre lang war das einzig Spannende an Thanksgiving, dass es den Beginn der Weihnachtszeit einläutete. Jedes Jahr, wenn die Gäste gegangen waren, überredete meine Mutter meinen Vater, den Weihnachtsbaum aufzustellen und die Lichterketten aufzuhängen, obwohl er damit viel lieber bis Dezember gewartet hätte.

Dieses Jahr ist Thanksgiving für mich anders. Ich bin aufgeregt. Erst wusste ich gar nicht, warum ich so enthusiastisch bin, aber ich habe ein paar schulfreie Tage und somit Zeit, um darüber nachzudenken.

Viele dieser Routinesachen fühlen sich für mich in diesem Jahr anders an, denn es ist mein letztes Schuljahr. Jedes Mal, wenn ich zu einem Footballspiel gehe oder mich für einen Schulball umziehe, wird mir klar, dass es das letzte Mal ist, dass ich so etwas tue.

Ich weiß zwar, dass dieses Thanksgiving wahrscheinlich nicht mein letztes sein wird. Aber es wird das letzte Thanksgiving dieser Art sein – das letzte, das genauso ist wie die siebzehn Jahre davor. Es macht mich nervös, an die Zukunft zu denken. Mir geht es nicht nur um die Thanksgiving-Feiern, die ich verlieren werde. Es geht um alles – Freunde, Familie, mein Zimmer, das Essen meiner Mama – all das erscheint mir plötzlich sehr kostbar.

Es sind nicht nur die Veränderungen, die mir Angst machen, sondern auch all die Fragen. Jeder möchte wissen, wie es danach weitergeht, ob ich studieren möchte und was ich an sich mit meinem Leben anfangen will. Letztes Jahr war die wichtigste Frage, mit wem ich zum Abschlussball gehe. Dieses Jahr wollen alle wissen, was ich mit meinem Leben anfangen will. Ich fühle mich so planlos.

> Alle wollen wissen, was ich mit meinem Leben anfangen will. Ich fühle mich so planlos.

Ich habe viel mit Gott über meine Zukunft gesprochen. Ich habe unzählige Male gebetet, dass er einfach zu mir kommen und mir sagen soll, was ich mit meinem Leben anfangen soll. Er hat mich nie in meinem Zimmer besucht, aber je öfter ich gebetet habe, desto mehr ließ Gott mich wissen, dass alles gut wird. Er schenkte mir ein ruhiges Herz und beruhigte mich mit dem Wissen, dass er einen guten Plan für mich hat.

Ich glaube, wir lassen Gott bei unserer Lebensplanung zu oft außen vor. Wir leben unser Leben, füllen unseren Kalender mit unseren eigenen Hoffnungen, Träumen und Ideen. Wir denken, wir haben unser Leben perfekt geplant, reden aber nie mit Gott darüber, was er so dazu sagt – höchstens dann, wenn unsere Träume nicht wahr werden und wir von ihm wissen wollen, warum.

Gott hat so unglaubliche Träume für uns – Träume, auf die wir selbst gar nicht kämen. Er setzt große Hoffnung in uns

> Ich glaube, wir lassen Gott bei unserer Lebensplanung zu oft außen vor.

und kann uns auf so tolle Art gebrauchen. Wenn wir ihn nur ab und zu mal fragen würden, bin ich sicher, dass Gott uns liebend gerne sagen möchte, welche Pläne er für unser Leben hat!

Lori Wootten

EIN FLÜSTERN IM WIND

Mein Glaube scheint weit weg zu sein
Dabei habe ich so sehr versucht, ihn festzuhalten
Weiß nicht, wo du gerade bist
Aber ich suche dich so sehr
Ich sehne mich danach, deine Herrlichkeit zu sehen
Ich möchte dein Gesicht berühren
Ich muss deine Geschichte hören
Ich brauche das Gefühl deiner Gnade
Kann ich bitte noch einmal
das Flüstern im Wind spüren?
Kann ich deine Herrlichkeit am Himmel sehen?
Lass mich das Echo im Tal hören
Lass mich sehen, wie groß du bist
Jetzt bebt die Erde
Aber du bist immer noch nicht da
Ich sehe, wie die Menschen wach werden
Aber ich bin nicht sicher, ob dich das überhaupt kümmert
Jetzt brennt der Busch
Und ich weiß, du bist da

Die Welt dreht sich weiter
Und ich weiß, du bist nah
Und ich fühle wieder das
Flüstern im Wind
Ich sehe deine Herrlichkeit am Himmel
Ich höre dein Echo im Tal
Und ich sehe, wie groß du bist

Sarah Ooms
(verfasst mit 15 Jahren)

KONTROLLZWANG

Verzweifelt schrubbte ich meine Hände, um den Dreck von ihnen abzukriegen. Jemand hatte mir die Hand geschüttelt, und wer weiß, was da für Keime auf mich übertragen worden waren! Ich musste sie wegkriegen.

Nachdem ich meine Hände gründlich unter kochend heißes Wasser gehalten hatte, trocknete ich sie ab und krümmte mich vor Schmerzen, als das Handtuch meine Hände berührte. Als ich das Tuch weghängen wollte, entdeckte ich daran Blut. Meine Hände waren rissig und wund vom zwanghaften Händewaschen, aber das war mir egal.

So etwas passiert halt, wenn man sich dreißigmal am Tag die Hände wäscht, um die Keime wegzukriegen. Ich hatte keine Wahl. Ich wollte nicht krank werden. Ich musste sauber bleiben. Es gab vieles in meinem Leben, das ich nicht unter Kontrolle hatte, aber immerhin konnte ich kontrollieren, wie hygienisch ich war.

Es war nicht okay, dass das Leben für einen Sechzehnjährigen so schwer war. Aber seit der Scheidung meiner

Eltern war es für mich echt hart geworden. Ich hatte sogar die Schule abgebrochen, um mir einen Job zu suchen und so die Familie finanziell zu unterstützen. Fast jeden Tag nahm ich zweimal 45 Minuten Fußmarsch auf mich, um in einem Restaurant Geschirr von den Tischen zu räumen. Dieser Alltag entsprach nicht wirklich meinen Vorstellungen von meiner Teenagerzeit, wie ich sie mir in früheren Jahren ausgemalt hatte.

Wegen allem, was ich durchgemacht hatte, regierte die Teilnahmslosigkeit mein Leben. Ich wollte nichts haben, denn ich wollte es nicht wieder verlieren. Ich wollte nicht, dass man mir Gutes tat und ich wollte mir auch keine Hoffnungen machen. Ich hatte schon als Kind nicht viel gehabt, und ich wusste nicht, wie sich das in Zukunft ändern sollte.

In dieser Zeit entwickelte ich meine Zwanghaftigkeit. Die Angst vor Krankheiten und Keimen beschränkte mich in vielen Dingen, was Freizeit und Hobbys anging, aber auch meine Arbeitsstellen, die ich nie lange behielt – niemand will schließlich einen Angestellten, der sich alle zehn Minuten die Hände wäscht.

Psychologen sagen, dass Menschen zwanghaft werden, wenn sie das Gefühl haben, keine Kontrolle über ihr Leben zu haben. Diese Theorie leuchtet mir ein. Es gibt so vieles, das du nicht kontrollieren kannst, also suchst du dir Dinge, die du eben doch kontrollieren kannst und wirst komplett zwanghaft darin. Du fängst an, dir viel zu oft die Hände zu waschen und wirst paranoid, was Ansteckung mit Krankheiten angeht. Mein Leben fühlte sich damals komplett chaotisch an, deshalb beschloss ich, alles zu kontrollieren, was nur möglich war.

Hip-Hop war so ziemlich das Einzige, was ich zu der Zeit hatte. Mein Interesse an diesem Musikstil hatte mit der Gemeinde zu tun, in die ich als Kind gegangen war. Ich wohnte damals auf dem Gelände der Gemeinde; dort wurde ein Programm für Menschen durchgeführt, die von ihren Abhängigkeiten loskommen wollten. Viele dieser Leute kamen aus New York und sie machten mich mit Hip-Hop bekannt. Ich verliebte mich sofort in diese Musik.

Während der Zeiten, in denen mich das Leben zu Boden zog, begann ich Texte zu schreiben. Es hatte ein bisschen was von Tagebuchschreiben. Ich schrieb mir meinen Frust von der Seele. Schreiben hatte mir schon immer Spaß gemacht und ich hatte schon als Kind Gedichte geschrieben. Es machte mir Spaß, meine Gedanken so zu äußern, und Hip-Hop war ein gutes Ventil dafür. Und ich brauchte definitiv irgendeine Art von Ventil in meinem Leben.

Obwohl ich in einem christlichen Elternhaus aufgewachsen war und wusste, dass es irgendwo da draußen einen Gott gibt, hatte ich keinen starken persönlichen Glauben. Ich sah mich um und wusste, dass Gott existierte. Ich schaute mir die Natur an und wusste, dass es da draußen etwas gab, das größer war als ich. Jesus war für mich ein gutes Vorbild, aber ich hatte keine tiefgehende, echte Beziehung zu ihm. Ich glaubte nicht daran, dass Gott durch mich wirken konnte.

Doch irgendwann fing ich an, mit Gott zu reden. Meine Beziehung zu ihm wurde tiefer. Je mehr ich mich Gott näherte, desto mehr konnte ich loslassen und mich auf ihn ausrichten – und nicht darauf, meine Probleme allein lösen zu wollen. Ich musste immer noch meinen Beitrag leisten, aber mir wurde klar, dass die Dinge nicht in meiner Hand lagen – eine sehr befreiende Erkenntnis.

Je tiefer meine Beziehung zu Gott wurde, desto mehr verschwanden meine Zwangsstörungen. Meine Musikkarriere hatte inzwischen begonnen und mein Leben bekam mehr Stabilität und Routine. Dann wurde ich gefragt, ob ich für eine Woche nach Indien reisen wolle. Ich betete darüber und nahm das Angebot an. Als ich dort war,

> Wir verschwenden viel Energie darauf, in unserem Leben krampfhaft alles beim Alten zu belassen.

kam es mir überhaupt nicht in den Sinn, dass ich mich in einem der unhygienischsten Länder der Erde befand. Ich hörte einfach auf die Stimme Gottes und tat, was ich zu tun hatte.

Es war wirklich kurios, denn als ich zurückkam, hatte ich mir tatsächlich fünf oder sechs Parasiten eingefangen. Genau das, wovor ich immer solche Panik gehabt hatte, passierte mir nun tatsächlich! Aber es war okay. Als es wirklich passierte, war es einfach kein großes Problem mehr für mich.

Ich habe viele Jahre damit verbracht, mich zu stressen, meine Kraft und meine Zeit mit meinen Zwangsvorstellungen zu vergeuden. Ich hätte lieber einfach alles passieren lassen sollen. Ich glaube, wir verschwenden viel Energie darauf, in unserem Leben krampfhaft alles beim Alten zu belassen. Dabei wäre es viel sinnvoller, Gott zu vertrauen und unser Leben in seine Hände zu legen. Er hat einen genialen Plan für unser Leben!

Nach meinen Auftritten kann ich jetzt locker den Leuten die Hand schütteln, ohne mir weiter darüber Gedanken zu machen. Gott hat mich geheilt. Das war ein längerer Prozess, aber wenn du mit Geduld und Vertrauen an die Sache herangehst, kannst du nicht leugnen, dass Gott real ist und die Kraft hat, dein Leben zu verändern.

John Reuben

UND WAS SOLL DARAN GUT SEIN?

Du hast das bestimmt schon x-mal gehört: „Wer Gott liebt, dem dient alles, was geschieht, zum Guten" (Römer 8,28; Hfa). Aber du hast Menschen leiden gesehen und du hast selbst Schmerzen erlebt. *Was genau soll daran gut sein?* Jeder sagt dir, dass etwas Gutes dabei rumkommt ... irgendwann. Im Moment musst du einfach glauben. Leichter gesagt als getan.

Letzten November habe ich meine Großmutter verloren. Viereinhalb Jahre lang hat sie gegen Leukämie gekämpft, aber ihr Kampf ging zu Ende. Um ehrlich zu sein: Das tat sehr weh. Ich wollte, dass meine Oma zu meinem Abschlussball kommen kann; ich wollte sie auf meiner Hochzeit dabeihaben. Aber all das wird nicht passieren. Was soll daran also gut sein?

Um das Gute darin zu finden, musst du meine Großmutter verstehen. Sie war ein unglaublicher Mensch. Es war ihr immer wichtig, Menschen zu zeigen, dass sie geliebt sind. Meine Oma hielt mit jungen Frauen Bibelstunden ab und machte ihnen Mut für ihr Leben mit Gott. Sie vertiefte sich regelmäßig in ihre Bibel; sie liebte es, Bibelkommentare zu lesen!

Eine ihrer Freundinnen hat mir mal erzählt, wie sehr meine Großeltern sie beeindruckt haben, als mein Onkel gestorben ist. Alle Freunde meiner Großeltern kamen zu ihnen nach Hause, um sie zu trösten und zu unterstützen, aber stattdessen waren es meine Großeltern, die allen anderen Mut machten! Eine weitere Freundin erzählte mir, wie sehr meine Oma sie ermutigt hat, indem sie ihr Blumen brachte, als sie gerade eine schwere Zeit durchmachte.

Und meine Oma war so stolz auf ihre Familie! Sie war einer meiner größten Fans; sie fand alles toll, was ich machte. Außerdem erzählte sie allen ihren Freundinnen, was in ihrer Familie alles geleistet wurde. Im Krankenhaus sagte sie uns mit Tränen in den Augen, wie stolz sie auf uns alle war. Sie war ein ganz besonderer Mensch.

Und selbst als sie mit kongestiver Herzinsuffizienz und Leukämie im Krankenhaus lag, sagte sie immer: „Ich kann nicht klagen", wenn sie jemand fragte, wie es ihr gehe. Mir fielen immer Gründe zum Klagen ein, aber ihr ging es nie so.

Der Glaube meiner Großmutter war unfassbar. Sie machte immer Pläne und sagte dann: „So Gott will." Sie liebte ihren Retter wirklich sehr, das war für alle offensichtlich.

Gott war so gut zu mir, dass er sie mir gegeben hat. Meiner Meinung nach war sie die beste Oma der Welt! Ich bin so dankbar für alle Erinnerungen an sie. Und ich bin sehr glücklich über die Spuren, die ihr Leben hinterlassen hat.

Aber das erklärt noch lange nicht, wieso ihr Tod etwas Gutes haben konnte, oder? Bei der Beerdigung sagte der Pastor, dass es gut von Gott war, dass er sie uns genommen hat. Weißt du, meine Oma konnte es nicht erwarten, ihren Herrn zu sehen. Sie sagte immer, dass im Himmel nichts anderes mehr zählen würde als dort zu sein. Sie wäre dann nicht mehr Mutter, Ehefrau oder Großmutter, sondern es ging nur noch um sie und ihren Retter, „nur Audrey und Jesus".

Es tut sehr weh, dass sie nicht mehr da ist. Aber immer, wenn ich an sie im Himmel denke, kommen mir Freudentränen. Wenn ich Jesaja 6 lese, sehe ich sie vor mir, wie sie vor dem Thron im Himmel steht und für Gott singt, Tag und Nacht. Das war es, was sie wollte.

> Es gab Zeiten, da konnte ich weder beten noch reden; ich konnte nur weinen.

Ich freue mich also, dass sie jetzt zu Hause angekommen ist. Als ich sie verloren hatte, wurde mir klar, wie sehr ich gerne so wäre wie sie und wie viel Einfluss ein einziges Leben auf andere haben kann. Meiner Cousine fiel auf, dass die Familie nach dem Tod meiner Großmutter enger zusammenrückte. Und als sie starb, wurde mir klar, was für tolle Freunde ich habe, die mich umsorgten und trösteten.

Aber manchmal kann man das Gute in einer Situation einfach nicht sehen, so sehr man es auch versucht. Das verstehe ich. Und was noch besser ist: Gott versteht es. Es gab Zeiten, da konnte ich weder beten noch reden; ich konnte nur weinen. Aber auch das versteht er. Ich stellte mir dann vor, dass Gott mich in seinen Armen hielt, und ich weiß, dass er genau das tat.

Das Leben tut manchmal weh. Es ist gut, immer wieder das Positive zu sehen, aber es ist auch okay, wenn man es nicht gleich auf den ersten Blick findet. Kletter in solchen Momenten auf Gottes Schoß, kuschle dich ein und weine. Er wird dich immer so lange halten, wie du es brauchst.

Cindy L. Ooms

MEINE WELT STEHT KOPF

„Sie ist eine gute Schülerin und gibt sich große Mühe."
So stand's jedenfalls auf meinem Zeugnis. Meine Eltern
nannten mich „unser gutes Mädchen". Ich hatte gute
Noten, half bei der Hausarbeit und kam nie zu spät nach
Hause. Meine Freunde machten Witze darüber, dass ich
als braves, frommes Mädchen jeden Sonntag in den Gottesdienst ging, im Chor sang und gerne in die Jugendgruppe ging.

All das stimmte. Aber wo war Gott in all dem Guten?

Jahrelang tat ich das, was Kirche und Religion von mir
erwarteten. Ich tat, was man mir sagte, leierte Bibelverse und Glaubensgrundsätze runter, ohne sie wirklich zu
verstehen. Meine Eltern bezeichneten sich als Christen,
also musste ich wohl auch Christ sein. Das wurde so erwartet und ich machte mit.

Bis sich meine Eltern scheiden ließen.

Als ich in die Oberstufe kam, reichten meine Eltern die
Scheidung ein. Meine Welt stand kopf und ich stellte alles
infrage, was sie mir über Familie und Treue beigebracht

133

hatten. Mir kamen Zweifel an allem, was ich jemals von ihnen gelernt hatte, und auch an meinem Glauben, der mir eigentlich Antworten hätte geben sollen.

Meine Erfahrung mit der Scheidung meiner Eltern ähnelte dem Erlebnis, das Saulus auf dem Weg nach Damaskus hatte (Apostelgeschichte 9,1–19). Er war damit zufrieden gewesen, Christen zu verfolgen und seine Religion zu verteidigen. Er dachte, er würde für Gott Gutes tun. Bis zum Damaskus-Erlebnis.

Zu Boden geworfen und blind, war Saulus ganz Ohr für das, was Gott ihm zu sagen hatte. Als Gott ihn drei Tage später wieder sehend machte, war Saulus bzw. Paulus ein anderer Mensch.

Als meine Eltern sich scheiden ließen, wurde auch ich ein anderer Mensch. Bis zu diesem Zeitpunkt hatte ich das, was ich in der Gemeinde gelernt hatte, nicht wirklich verinnerlicht. Ich spielte eine Rolle und folgte einem Drehbuch, aber die „Show" wurde abgesagt. Wenn meine Eltern den religiösen Regeln nicht mehr folgten, was hieß das dann für mich? Es war an der Zeit, ein paar Entscheidungen zu treffen.

Wo konnte ich Hilfe bekommen? Meine Eltern waren mit sich selbst beschäftigt und gingen auch nicht mehr in die Gemeinde. Ich schämte mich vor meinen Freunden aus der Gemeinde. Vermutlich kannten sie schon die Antworten und würde mich auslachen, weil ich es nicht so schnell kapiert hatte wie sie. Meine nicht christlichen Freunde konnte ich nicht fragen. Sie hatten auch keine Antworten. Meine Lehrer waren zu beschäftigt. Ich war allein in der Dunkelheit, die mein Leben plötzlich umgab.

Diese Dunkelheit ließ mich auf die Knie sinken. Ich schüttete Gott mein Herz aus und legte meine Ängste und meinen Frust vor ihm hin. Ich sagte ihm alles. Ich wusste nicht, ob er mir zuhörte oder ob es ihn überhaupt kümmerte, aber das war in diesem Moment egal. Ich brauchte jemanden zum Reden, und Gott war der Einzige, der noch da war. Nacht für Nacht weinte ich, fragte ihn um Rat und ließ meinem Schmerz und meiner Wut freien Lauf, denn ich wusste: Gott kann damit umgehen. Und er war treu.

Gott gegenüber so offen und ehrlich zu sein, war eine enorme Hilfe dabei, meine Situation zu bewältigen. Wie wenn man mit einem guten Freund spricht oder sich bei jemandem ausheult, half es mir, alles rauszulassen, was ich vorher in mich hineingefressen hatte. Ich verstand: Ich muss nicht die Last der Scheidung meiner Eltern tragen.

Die dunkle Wolke über mir verschwand und ich bekam eine neue Perspektive.

Ich hatte noch immer nicht auf alles eine Antwort. Ich wusste ganz sicher nicht, was als Nächstes kommen würde, aber ich konnte endlich zur Ruhe kommen. Ich wusste, dass Gott alles im Griff hatte, auch wenn ich mich überfordert fühlte.

Als mein Herz frei von Wut war, als das Chaos aus meinem Kopf verschwunden war, als ich endlich alles loslassen konnte – wurden meine Augen geöffnet. An dem Punkt fing meine Beziehung zu Gott erst richtig an.

Nachdem die Dunkelheit verschwunden war, sah, hörte und erlebte ich Gott neu. Es kam zwar keine donnernde Stimme aus dem Himmel. Stattdessen sprach er durch die Worte einer guten Freundin zu mir: „Wann immer du mich brauchst, ich bin für dich da!" Worte aus der Bibel kamen mir wieder in den Sinn: „Ich lasse dich nicht im Stich, nie wende ich mich von dir ab" (Hebräer 13,5; Hfa). Als mein Großvater mich in die Arme nahm, war das wie eine Umarmung von Gott, der mir versichern wollte: „Du bist geliebt!" Als ich alles losließ, wurde Gott mein Beschützer, mein Freund und mein Tröster.

Ich würde die schmerzhafte Scheidungsphase nicht noch einmal durchmachen wollen. Trotzdem kann ich sagen, dass ich Gott dadurch nähergekommen bin. Ich kann mir ein Leben ohne eine persönliche Beziehung zu Gott überhaupt nicht mehr vorstellen. Die Religion, die ich vor der Scheidung praktiziert hatte, bestand einfach darin, möglichst alle Regeln

> Ich stellte fest, dass Gott schon lange da war und auf mich wartete.

einzuhalten, um akzeptiert zu werden. Leider kann niemand jemals gut genug sein, um Gott zu erreichen. Wir werden nie genügen, weil wir nie genug tun, sein oder haben können. Nachdem ich aufgehört hatte, so hart dafür zu kämpfen, Gott zu erreichen, stellte ich fest, dass er schon lange da war und auf mich wartete.

Natürlich heißt das nicht, dass ich jetzt gar nichts mehr tue. Im Prinzip mache ich die meisten Sachen in der Gemeinde immer noch. Aber meine Motivation und meine Einstellung haben sich geändert. Ich versuche nicht mehr, mir Anerkennung zu verdienen oder Strafe zu entgehen. Ich gebe und diene aus Liebe, nicht mehr aus Angst.

Ich singe im Chor, weil mein Lob Gott verherrlicht. Ich gehe in die Gemeinde, weil ich mehr über Gott erfahren möchte, der mich liebt und auf mich aufpasst. Ich versuche, meinen Freunden ein gutes Beispiel zu sein, weil ich ein Licht in einer dunklen Welt sein möchte. Die Aktivitäten sind noch die gleichen, aber jetzt geben sie mir Kraft, anstatt mich auszulaugen.

Eine große Krise war nötig, damit ich den Unterschied zwischen religiösen Regeln und einer echten Beziehung erkennen konnte. Aber ich möchte die Erfahrung auf keinen Fall missen, denn jetzt kann ich wirklich sagen, dass Gott mein bester Freund ist.

Tasra M. Dawson

Negatives Selbstbild. Kaum Selbstwertgefühl. Sehnsucht nach einem schöneren Körper. Kontrollverlust. Diese Dinge haben die meisten Magersüchtigen gemeinsam. Ich weiß das, weil all diese Dinge mich selbst einmal sehr gut beschrieben haben.

Die folgenden Auszüge aus meinem Tagebuch decken alle Phasen dieser Krankheit ab: Wie ich ihr zum Opfer gefallen bin, die widersprüchlichen Gefühle während meiner Genesung und die Erkenntnis, dass mich die Erfahrung mit Magersucht selbst jetzt – mehr als zehn Jahre später – immer noch prägt.

Der Kampf beginnt (Alter: 12 und 13)

15. Februar
Ich bin so widerlich! Ich weiß nicht, wie die Leute meinen Anblick ertragen. All die dünnen Mädels in meiner

Klasse kriegen die Jungs, die Aufmerksamkeit, und was kriege ich? Ich werde „Schwein" genannt. Jason ist der Schlimmste. Ich weiß, dass Brüder dazu da sind, ihren Schwestern das Leben schwer zu machen, aber ich glaube, seine Kommentare tun auch deshalb so weh, weil sie einfach wahr sind. Ich *bin* ein Schwein. Ich esse viel zu oft und viel zu viel Fastfood. Mama sagt, 49 kg sind vollkommen okay für 1,61 m, aber ich fühle mich so schwabbelig. Ich werde versuchen, noch mehr abzunehmen – gerade so viel, dass Jason mich nicht ständig hänselt.

15. April

Schon fast drei Kilo geschafft. Noch mal so viel und ich sehe vielleicht schon ganz passabel aus. Ich möchte diese riesigen Oberschenkel loswerden. Jason nennt mich nicht mehr „Grunzi", aber das liegt wahrscheinlich daran, dass Mama und Papa ihn darum gebeten haben.

24. April

Ich habe mit mir selbst eine Abmachung getroffen: ab jetzt keine Fressanfälle (Chips!) mehr. Und ich habe beschlossen, den Nachtisch von jetzt an immer wegzulassen. Das muss doch was bringen! Weißt du, was ich gelesen habe? Ein Fastfood-Cheeseburger kann über 500 Kalorien haben! Und der Fettanteil ist voll hoch! Die esse ich nie wieder!

21. Mai

Ich möchte bei allem, was ich esse, genau wissen, wie viele Kalorien es hat. Wie viele Kalorien hat wohl eine Briefmarke? Haben Vitamine Kalorien? Ich weiß, dass ein Kaugummistreifen zehn Kalorien hat – es ist also auf alle Fälle besser, einen Kaugummi als Mittagessen zu kauen.

26. Mai

Ich habe knapp acht Kilo abgenommen, seit ich mit meiner Diät angefangen habe. Es wird allerdings immer schwieriger, denn Mama und Papa merken mittlerweile, dass ich nur in meinem Essen herumstochere, statt es zu essen. Heute Abend haben sie mich quasi zum Essen gezwungen. Erst gab's eine Predigt darüber, wie wichtig eine vollwertige Mahlzeit ist, und dann musste ich ein ganzes Glas Milch trinken – das sind 110 Kalorien! Ich wollte das absolut nicht! Mir wird gleich wieder schlecht, wenn ich daran denke, zu was sie mich da gezwungen haben.

1. Juni

Mir ist aufgefallen, dass Mama in letzter Zeit immer einen Extraklecks Erdnussbutter auf meinen Sellerie tut. Sie meint wohl, sie könnte mich damit austricksen, sodass ich mehr Kalorien zu mir nehme, aber das hab ich natürlich längst durchschaut! Wenn ich in der Schule ankomme, werfe ich mein Mittagessen weg. Zur Mittagszeit, wenn meine Freunde ihr fettiges Essen in sich hineinstopfen, gehe ich eine halbe Stunde spazieren. So vermeide ich Kalorien nicht nur, sondern ich verbrenne sogar welche. Ha! Wollen wir doch mal sehen, wer hier das Sagen hat!

15. Juni

Morgen fahren wir nach Michigan und verbringen dort den Sommer. Ich freue mich darauf, mal wegzukommen, weil unser Sommerhäuschen bisher immer ein chilliger Ort für mich war, aber ich befürchte, dass Mama und Papa mich sehr genau beobachten werden.

1. Juli

Ich habe mich nicht mehr gewogen, seit wir von zu Hause weggefahren sind, weil wir hier keine Waage haben, aber ich glaube, ich habe noch mehr abgenommen. Jedenfalls hoffe ich das – es wäre so toll, am Ende des Sommers nach Hause zu kommen und total schlank, schön und sonnengebräunt zu sein. Meine Freunde würden staunen!

15. Juli

Es ist schwierig, braun zu werden, wenn man die ganze Zeit in Sweatshirt und Decke eingewickelt ist. Ich friere die ganze Zeit und hab keine Lust mehr! Heute hatten wir 31 Grad, trotzdem wurde mir einfach nicht warm. Ich bin auch immer total müde und schlafe dauernd ein. Aber immerhin denke ich dann nicht ans Essen.

5. August
Mama hat mich heute gefragt, ob ich weiß, was Magersucht ist. Sie und Papa denken wohl, dass ich das habe. Das ist doch absurd! Ja, ich esse halt wenig – na und? Warum müssen sie mich deshalb kritisieren? Ich habe gute Noten. Ich versuche, sie glücklich zu machen. Warum darf ich nicht mal diese eine Sache für mich haben? Warum müssen sie überwachen, was ich esse?

15. August
Bald fahren wir nach Hause. Ich bin unruhig. Mama und Papa wollen mich zu Dr. Kirby schleppen, wenn wir wieder zu Hause sind. Warum müssen sie so was machen? Mir geht's gut! Was wollen sie beweisen?

24. August
Okay. Ich würde das Mama und Papa gegenüber nicht zugeben, aber ich habe Angst. Als ich heute im Gottesdienst aufstehen wollte, bin ich einfach umgekippt. Das war voll krass! Meine Augen waren offen, aber ich konnte nichts mehr sehen, alles war dunkel. Ich bin einfach

wieder auf meinen Sitz gefallen und Mama fragte, was los sei. Als ich es ihr erzählte, ist sie fast ausgeflippt. Ich habe sie noch nie so versteinert gesehen. Jason fragte noch, was das denn für ein cooler Lippenstift sei, den ich da trage. Dabei hatte ich gar keinen aufgelegt. Er sagte dann, meine Lippen seien kreidebleich.

Auf dem Weg der Besserung (Alter: 13)

25. August

Morgen komme ich ins Krankenhaus in Indianapolis. Ich werde viel Unterricht verpassen, aber Dr. Kirby sagt, ich habe keine Wahl. Ich wiege 33 Kilo.

1. September

Ich mag Dr. Richards, meinen behandelnden Arzt, nicht. Ein ziemlicher Spinner. Er sagt, dass jedes meiner Hauptorgane jeden Moment versagen könnte – Herz, Lungen, Nieren. Ich fand, er übertreibt, aber als er mir dann androhte, mich künstlich zu ernähren, wenn ich nicht zunehme, wurde mir klar, dass er es ernst meint.

8. September

Pastor Henderson war heute da. Er hat mit mir gebetet und erzählt, dass auch die Gemeinde für mich betet. Ich habe ihn gebeten, nächste Woche wiederzukommen, und er sagte, das hätte er sowieso vorgehabt. Sein Besuch hat mir irgendwie Frieden gegeben. Zum ersten Mal seit ich im Krankenhaus bin, habe ich das Gefühl, es könnte vielleicht alles gut werden.

30. September

Ich bin ziemlich einsam hier. Meine Mitpatienten kommen und gehen, aber ich sitze hier fest. Dr. Richards sagt, ich werde erst entlassen, wenn ich noch vier Kilo zunehme. Ich vermisse meine Familie, aber zum Glück kommen entweder Mama oder Papa mich jeden Tag besuchen. Es tut mir so leid, dass ich ihnen das alles antue. Ich bitte Gott jeden Abend, dass er sie beschützt und dass sie gesund und glücklich sind. Mir geht es besser, wenn ich weiß, dass Gott sich um sie kümmert.

30. Oktober

Ich wurde soeben entlassen – gerade rechtzeitig zu Halloween, obwohl ich wohl kaum Süßigkeiten sammeln gehen werde. Dr. Richards würde sich wahrscheinlich ein Bein abfreuen, mich Süßigkeiten essen zu sehen. Aber das wird nicht passieren. Im Moment schaffe ich es aber immerhin, ein paar Stücke Pizza zu essen. Ich wiege 40 Kilo, und ich muss gestehen, dass ich mich so stark und fit fühle wie seit Monaten nicht mehr. Mir wird auch nicht mehr schwindelig, jetzt wo ich sechs kleine

Mahlzeiten am Tag esse. Und ich muss auch nicht mehr drei Lagen Kleidung anziehen, um nicht zu frieren. Sieht so aus, als wäre Körperfett doch für etwas gut.

7. November
Heute habe ich den ersten Keks seit sechs Monaten gegessen. Ich habe 45 Minuten dafür gebraucht. Mama ist stolz auf mich und ich bin es auch. Es war echt schwer, den Keks zu essen, aber ich habe es geschafft. Das ist doch mal eine Leistung!

19. November
41 Kilo – das klingt irgendwie schlimm. Und schlimmer wird es noch, wenn ich die 45 Kilo überschritten habe. Ich nehme nicht mehr so schnell zu, seit ich zu Hause bin, aber das ist okay. So lange ich stetig zunehme, muss ich nicht wieder ins Krankenhaus, hat Dr. Richards gesagt. In dieser furchtbaren Zeit haben mich Mama und Papa so toll unterstützt! Früher habe ich immer gedacht, alle seien gegen mich, aber jetzt ist mir klar geworden, dass Mama und Papa auf meiner Seite sind. Jetzt weiß ich, dass sie das immer waren, aber als ich gehungert habe, konnte ich nicht mehr klar denken. Oh – weißt du was? Jason hat mir Rosen geschenkt als eine Art „Ich-bin-stolz-auf-dich-Geste". Es ist definitiv nicht normal für einen Sechzehnjährigen, 50 Dollar für seine

Schwester auszugeben! Es bedeutet mir sehr viel. Der Duft dieser Blumen macht mich wirklich glücklich – ein Gefühl, das ich schon sehr lange nicht mehr hatte.

26. November

Jill war heute da und meinte, ich sehe „fantastisch" aus. Das hat mich gefreut – zu wissen, dass ich fast zehn Kilo zunehmen und trotzdem gut aussehen kann. Mittlerweile verstehe ich, dass Schönheit nicht unbedingt etwas mit geringem Gewicht zu tun hat – es geht um ein gesundes Gewicht. Und das möchte ich – gesund sein (und glücklich!).

Mein Leben nach der Magersucht (Alter: 23)

6. Dezember

Heute habe ich zufällig ein schreckliches Foto wiedergefunden, das vor zehn Jahren aufgenommen wurde, und ein paar ungute Erinnerungen kamen hoch. Mama und Papa geht es ähnlich. Mama fängt immer noch fast an zu weinen, wenn meine Magersucht zur Sprache kommt, und Papa bezeichnet jenen Sommer und Herbst als „die dunkelsten Tage" seines Lebens. Erst letztes Jahr hat er mir etwas erzählt, das mich sehr

> Letztlich ist mir klar geworden, dass es egal ist, was andere von mir denken.

geschockt hat: In der Woche vor meiner Einlieferung ins Krankenhaus fand er mich auf der Couch im Wohnzimmer. Als er meinen schwachen, mageren Körper sah, lief ihm plötzlich ein Schauer über den Rücken. Er sagte, ich lag dort so still, dass er seine Wange an meinen Mund hielt, um zu spüren, ob ich noch atmete. Er sagte, ich sah aus wie tot. Das vergesse ich nie!

Heute

Obwohl ich immer noch mal Probleme mit Essen habe und mir oft wünsche, meine Oberschenkel wären schlanker, habe ich gelernt, meinem negativen Selbstwertgefühl mit Gebet zu begegnen. Und obwohl ich früher immer so gerne allen gefallen wollte, ist mir klar geworden, dass es letztlich egal ist, was andere von mir denken. Gott liebt mich, egal wie ich aussehe. Er liebt mich, weil er mich gemacht hat und weil er Liebe ist. Und er zeigt mir seine Liebe jeden Tag auf vielfältige Weise.

Wenn ich in die Augen meines Mannes schaue, mir meine Abschlussurkunde von der Uni angucke oder meine kleine Nichte im Arm halte, wird mir klar, was ich alles verpasst hätte, wenn ich mich der Magersucht komplett hingegeben hatte. Ich empfinde es als großen Segen, eine zweite Chance bekommen zu haben. Dank Gottes Liebe und der grenzenlosen Unterstützung durch meine Familie bin ich der lebende Beweise dafür, dass das Leben nach der Magersucht gut sein kann.

Christy Heitger-Casbon

ERSCHÜTTERT UND ENTFLAMMT

Romano Guardini schreibt: „Wie kann es sein, dass Gott das Universum durchdringt, dass alles aus seiner Hand kommt, dass jeder Gedanke, jedes Gefühl nur in ihm einen Sinn ergibt, wir aber weder erschüttert noch entflammt werden von der Realität seiner Anwesenheit, sondern sogar so weiterleben können, als gäbe es ihn gar nicht? Wie ist dieser eindeutig satanische Betrug möglich?"

Vor ein paar Jahren sprach unser Pastor in der Passionszeit über die Todesqualen, die Jesus am Kreuz erlitten hat, und etwas in mir zerbrach. Plötzlich wurde mir klar, dass er das für mich getan hat. Zum ersten Mal weinte ich über die Schmerzen, die Jesus am Kreuz erlitten hat. Seitdem ist es immer wieder passiert, dass mich eine Predigt, ein Buch oder ein Anspiel zum Thema Passion sehr berührt hat. Immer wieder wurde mir klar, dass Jesus gelitten hat, um den Preis für mich zu bezahlen. In solchen Momenten erscheint mir seine Liebe für mich einfach unbegreiflich groß. Ich weiß, dass ich ihm für immer etwas schuldig bin.

Es gibt Zeiten, da bin ich total „on fire" für Jesus. Bei einer Jugendkonferenz, bei der Tausende von Menschen Gott leidenschaftlich anbeten, erlebe ich, wie sich Leben verändern und höre Predigten, die mich tief in mir drin berühren. Ich nehme mir vor, so radikal für ihn zu leben, dass es für jeden offensichtlich ist. Ich strebe danach, immer auf Gott ausgerichtet zu sein. Ich brenne für ihn!

> Jeden Tag vergehen Stunden, in denen ich nicht einmal an Gott denke.

Doch wenn ich dann wieder zu Hause bin, gehen diese Gefühle schnell im Alltagsstress unter und ich stelle fest, dass Romano Guardini recht hat. Ich bin weder erschüttert noch entflammt von der Gegenwart Gottes, sondern lebe so, als würde es ihn gar nicht geben. Wie kann das sein?! Er hat so viel für mich bezahlt – er hat alles für mich gegeben, sogar sein eigenes Leben, für meine Freiheit. Aber ehrlich gesagt: Jeden Tag vergehen Stunden, in denen ich nicht einmal an Gott denke.

Gebet ist der Schlüssel zu einem Leben, das von der Gegenwart Gottes entzündet und leidenschaftlich erfüllt ist. Gebet bedeutet, Zeit in Gottes allumfassender

Gegenwart zu verbringen. Es bedeutet zu verstehen, wer Gott ist und was er für uns getan hat. Es bedeutet zu erkennen, was wir ihm schulden. Es bedeutet, ihm zu erlauben, uns zu erschüttern und zu verändern. Es bedeutet, ihn um Rat zu bitten und ihm zu gehorchen. Es bedeutet, die Dinge dieser Welt vor den zu bringen, der am allerbesten damit umgehen kann. Gebet kann das eigene Leben ganz Gott weihen. Gebet hat die Kraft, die Welt zu verändern.

Glauben wir das wirklich? Glauben wir wirklich, dass Gebet etwas bewirken kann? Falls ja, dann leben wir oft nicht dementsprechend.

Ich achte sehr darauf, wenigstens ein paar Male am Tag zu beten. Aber es gibt Zeiten, da bete ich aus Gewohnheit oder Pflichtgefühl. Manchmal rattere ich meine Gebete runter oder spreche Worte, die aus meinem Kopf und nicht aus meinem Herzen kommen. Manchmal bin ich nicht so ganz bei der Sache, werde leicht abgelenkt oder denke eher an das, was andere denken und nicht an das, was Gott denkt. Und manchmal vergesse ich auch einfach zu beten.

Ich weiß, dass die besten Zeiten meines Lebens die waren, die ich mit Gott verbracht habe – wenn ich Gott wirklich an mich herangelassen habe und er mich auf so krasse Weise berührt hat, dass es mich bis in Mark erschüttert hat, wenn mein Herz offen ist für ihn und ich zuhöre, anbete und gehorche. Das sind die besten Zeiten meines Lebens.

Frank Laubach schreibt: „Können wir diese Verbindung zu Gott immer haben? Wenn wir wach sind, dann in seinen Armen einschlafen und auch dort wieder aufwachen? Können wir das erreichen? Können wir immer seinen Willen tun? Immer seine Gedanken denken? (…) Kann ich Gott alle paar Sekunden zurück in meine Gedanken bringen, sodass er immer da ist? Ich möchte den Rest meines Lebens damit verbringen, Antworten auf diese Fragen zu finden" (Practicing His Presence, Seed Sowers Publishers).

Was Laubach schreibt, hat mich wirklich angesprochen. Ist es möglich, immer an Gott zu denken, was auch immer wir tun? Laubach schreibt, wie dieses „Experiment" sein Denken, seine Einstellung, seine Arbeit und seine Beziehung zu Gott verändert hat. An einer anderen Stelle meint er: „Es ist meine Aufgabe, Gott ins Gesicht zu sehen, bis mir vor Segen fast alles wehtut. Mir gefällt es in Gottes Gegenwart so gut, dass nur eine halbe Stunde, in der ich nicht an ihn denke (…) sich so anfühlt, als hätte ich ihn im Stich gelassen, als ich hätte etwas sehr Kostbares verloren."

Geht es dir auch so, wenn du mal eine halbe Stunde

> Glauben wir wirklich, dass Gebet etwas bewirken kann?

lang nicht an Gott denkst? Krass! Bevor ich das gelesen hatte, war mir nicht klar, wie oft ich Gott vergesse. Aber als ich dann beschlossen hatte, ihn mir alle paar Sekunden wieder ins Gedächtnis zu rufen, wurde mir schnell klar, wie weit entfernt ich noch von dem bin, was Laubach beschreibt.

Wir werden so schnell abgelenkt. (Als Dwight L. Moody gefragt wurde, ob er vom Heiligen Geist erfüllt sei, antwortete er: „Ja, aber ich bin undicht.") Doch diese permanente Nähe zu Gott ist es, was ich will. Sie ist genau das, was Paulus meinte, als er schrieb, dass wir „ohne Unterlass" beten sollen (1. Thessalonicher 5,17). Das meinte Jesus, als er sagte: „Ich bin der Weinstock, und ihr seid die Reben. Wer bei mir bleibt, so wie ich bei ihm bleibe, der trägt viel Frucht. Denn ohne mich könnt ihr nichts ausrichten" (Johannes 15,5; Hfa).

Nichts ist erfüllender, schöner und aufregender als jeden Moment mit Gott zu verbringen. Vielleicht klingt das absurd, unmöglich oder einfach schräg für dich. Es ist nicht leicht, sich das anzugewöhnen. Man muss sich wirklich sehr auf eine Sache konzentrieren.

David schreibt: „Um eines habe ich den Herrn gebeten; das ist alles, was ich will: Solange ich lebe, möchte ich im Hause des Herrn bleiben. Dort will ich erfahren, wie gut der Herr es mit mir meint, still nachdenken im heiligen Zelt" (Psalm 27,4; Hfa). Jesus muss dieses „Eine" sein, um das wir bitten; sonst wird alles andere ihn ständig aus unseren Gedanken verdrängen.

Aber wenn du dich danach sehnst, Gott besser kennenzulernen und ihm noch mehr die Ehre zu geben, rate ich dir, dein Gebetsleben auszubauen. Bete, bevor du morgens aufstehst, zwischen all deinen Aktivitäten, wenn du auf jemanden wartest, wenn du wütend wirst, wenn du dankbar bist, wenn du eine große (oder kleine) Entscheidung zu treffen hast und bevor du schlafen gehst. Arbeite daran, bis du merkst, dass du fast immer betest – und dann mach immer weiter!

Glaubst du an die Kraft des Gebets? Glaubst du, dass Gott Zeit mit dir verbringen möchte? Dann nimm die Herausforderung an und du wirst feststellen, dass er dein Leben komplett verändert!

Jennifer M. Ooms

ICH STEHE
AUF DEM BERGGIPFEL

Ich stehe auf dem Berggipfel

Ich schreie hinaus in die Ebene

Ich rufe die mächtige Musik

Ich bewege das Weizengras

Ich bewege die Dorfbewohner

Ich bewege die Massen hin und her

Ich spreche von der mächtigen Musik

Der Musik, die den Boden bedeckt

Sie ist wie die Luft, die wir atmen

Lebenswichtig

Aber nicht leicht zu sehen

Wer wird es also sein,

der vielleicht die Luft sieht

die wir atmen?

Meine Stimme erfüllt die Luft

Aber die Luft erfüllt mich

Ohne Luft ist meine Stimme stumm

Und wo wäre ich dann?

155

Ich wäre verloren
Irgendwo in der Masse
Aber ich bin es nicht
Ich bin neben einer Wolke
Ich stehe auf dem Berggipfel
Ich singe ein fröhliches Lied
Ich schreie die Gute Nachricht heraus
Aber wer wird sie hören?
Ich spreche die Namen eines jeden Menschen
Ihre Namen sind in meinem Lied
Aber wer wird es hören,
wer wird einen winzigen Menschen
auf einem Baum schon sehen?
Ein Baum auf einem Berg
Ein Mann in einem Baum
oh, bin das wirklich ich?
Ich wünschte, es wäre so
Denn einmal hörte ich ein Lied
Von einem Mann in einem Baum
Er rief meinen Namen
und bat mich
zu ihm zu kommen
Und jetzt stehe ich auf dem Berggipfel
und singe ein fröhliches Lied
Ein Lied, das mir gegeben wurde
Wem sonst sollte es gehören?

Möge es zu allen kommen
Möge die Musik ihre Herzen erfüllen
Mögen sie auf die Berge hinaufsteigen
Und ihre fröhlichen Lieder singen
Möge eine Welt voller Wohlklänge
weiter über das Land hinaus singen
Ein Lied
Wie mit einer Stimme
Die Freude, die uns umgibt
Mögen wir noch höher geführt werden
Noch höher als die Wolken
Zum Komponisten der Musik
Dem Meister der Klänge
Denn er ist unsere Freude
Die Luft, die wir atmen
Er schreibt die Lieder
Die wir jetzt bringen
Sie erzählen von seiner wunderbaren Macht
der Stärke seiner mächtigen Hand
Sie erzählen von seiner grenzenlosen Gnade
Und einem neuen, fernen Land
Ein Land für uns
Die Sänger des Liedes
Seine gesegneten Kinder
Nicht wert, zu ihm zu gehören
Aber für den Moment

Stehe ich auf einem Berggipfel
Ich singe ein fröhliches Lied
Wenn ich zufrieden wäre
Würde das dem Meister gefallen
Komm zu mir auf den Berggipfel
Und sing ein fröhliches Lied
Sing weiter übers Land hinaus
Damit andere dazukommen

Tyler Winn
(verfasst mit 16 Jahren)

Der Verlag weist ausdrücklich darauf hin, dass im Text
enthaltene externe Links vom Verlag nur bis zum Zeitpunkt
der Buchveröffentlichung eingesehen werden konnten.
Auf spätere Veränderungen hat der Verlag keinerlei Einfluss.
Eine Haftung des Verlags ist daher ausgeschlossen.

MIX
Papier aus verantwor-
tungsvollen Quellen
FSC® C014496
www.fsc.org

Die Bibelzitate wurden, sofern nicht anders angegeben,
den folgenden Bibelübersetzungen entnommen:

– Hoffnung für alle – Die Bibel, durchgesehene Ausgabe in neuer
Rechtschreibung, © 1986, 1996, 2002 by International Bible Society, USA.
Übersetzt und herausgegeben durch: Brunnen Verlag Basel, Schweiz (Hfa)
– Neues Leben – Die Bibel, © 2002 Hänssler Verlag, Holzgerlingen (NL)

Originally published in English under the title „Encounters with God 1"
by Standard Publishing, Cincinnati, Ohio.
All rights reserved.
Copyright © 2005 by Standard Publishing
Copyright der deutschen Ausgabe © 2017 Gerth Medien GmbH,
Dillerberg 1, 35614 Asslar

1. Auflage 2017
Bestell-Nr. 817150
ISBN 978-3-95734-150-1

Umschlaggestaltung: Immanuel Grapentin
Umschlagmotiv: Shutterstock
Lektorat: Sarah Kleinknecht
Satz: Greiner & Reichel, Köln
Druck und Verarbeitung: GGP Media GmbH, Pößneck
Printed in Germany

www.gerth.de